Fernando Morillo

DORRETXE ZAHARREKO MISTERIOA

ekin

IBAIZABAL

1. argitaraldia: *2002ko azaroan, 3 000 ale*
2. argitaraldia: *2005eko urtarrilean, 1 500 ale*

BILDUMAREN DISEINUA: ANTTON OLARIAGA
AZALEKO MARRAZKIA: IMA MENDIOLA
BARRUKO MARRAZKIAK: IMA MENDIOLA

ISBN: 84-8325-653-3
LEGEZKO GORDAILUA: BI-35-05
IBAIZABAL ARGITALETXEA
48340 ORUE - AMOREBIETA-ETXANO
TAILER GRAFIKOAK: ZURE S.A.

DORRETXE ZAHARREKO MISTERIOA

1

Ezin genuen sinetsi. Ezin genuen sinetsi eta ezin zen egia izan.

Baina beldurrak blai geunden.

Gaua zen. Abandonaturiko dorretxe zahar hartan genbiltzan denok, txoko batean uzkurtuta. Ezkutatu nahian. Eta ilunpetan. Edo ia. Gelak zirrikituak zituen alboko leihoan, eta kanpoko izpiren batek aurrera egitea lortzen zuen. Baina ez dakit zer zen okerrago, izpi txikiak itzalak sortzen baitzituen, eta itzalek mehatxagarriagoa egiten zuten giroa. Beste lauren siluetak sumatzen nituen. Guztion urduritasuna sumatzen nuen neurri berean.

Beldurra.

Eta berriro zarata hura. Arnasots indartsu, indartsuegi baten modukoa.

ZURRUN, ZURRUN.

Leihotik sartzen zen izpiari begira gelditu nintzen une batez. Izpi zurixka zen. Isila eta barea. Ilargiarena izango zen, agian. Ez al zegoen ilargi betea? Litekeena zen. Baina ez nekien. Jadanik ez nekien ezer. Ilargi izpia, agian. Izpi zurbil eta zuzena.

Burua xelebrea da. Zer gertatzen zen —eta are gehiago, zer gerta zitekeen— kontuan hartuta, zer demontre egiten nuen nik izpi hari begira? Ez dakit. Agian nire bizitzako azken izpia izan zitekeela pentsatu nuelako izango zen.

Nire bizitzako azken gaua.

Berriro entzun nuen arnasots indartsu hura. ZURRUN, ZURRUN. Ez zen gutako inorena, hori garbi zegoen. Eta han ez luke egon behar gu beste inor.

Azken begiratua eman nion argi izpiari.

Listua irentsi nuen.

—Mamua? —esan zuen norbaitek.

Ez zion inork erantzun.

2

Ño, konturatzen naiz ez naizela aurkeztu. Barkatu, ez naiz sekula santan oso trebea izan aurkezpen-kontu hauetan. Kaixo, Andoni naiz, asko pozten naiz elkar ezagutu izanaz. Horrela hobeto? Antzera, ezta? Esan dizuet penagarria naizela aurkezpenekin. Eta gainera egundoko lotsa ematen dit neure inguruan jarduteak. Zer egingo diogu ba! Barkatuko didazuelakoan nago.

Istorioari dagokionez, hori bainuen benetako helburu, nola hasi zen kontu guztia? Zaila da gauzak non abiatzen diren asmatzea. Mundua ez baita erraza izaten. Mundua ez da: «Bai, gure arazoa honaino iristen da eta hortik aurrerakoa beste zerbait da». Mundua kolore anitzeko labirintoa da.

Dena dela nonbaitetik hasi behar dut istorioa, ezta?

Dorretxera sartu baino pare bat egun lehenagora joango naiz. Nahikoa izango dela uste dut. Eskola amaitzear genuen. Bizpahiru egun besterik ez zen gelditzen. Ba al dakizue zein den eskolak duen gauza onenetakoa? Horixe ba: oporrak. Udako oporrak gertu genituen eta horrek piztu egiten gintuen.

Mundua erraza ez dela esan dut oraintxe. Nola izango da, ba, bide batetik hasi, eta hurrengoan beste nonbaiten baldin bazaude, eta hurrengoan zeharo desberdina den beste bideren batean, eta hurrengoan... ? Ulertzen didazue, baietz? Hemen ez dago bide zuzenik, ño, eta horrela oso zaila da ezer garbirik ateratzea.

San Joan sua, adibidez. San Joan suak izan zuen errua. Baina nola espero behar genuen? San Joan sua San Joan sua besterik ez da. Berak ezin zuen ezer egin. *Guk geuk* egin behar genuen. Kontua da, San Joan sua tartean, konturatzerako harrapatuta geundela.

San Joan suak mamuaren etxera eraman gintuen.

Baina orduan ez genekien ezer, noski.

Ezin genuen jakin.

3

Ai, eroak eta ia errugabeak, horrelakoak ginen orduan. Nolakoak bestela? Gaztetasuneko lizentzia generaman soinean eta edozein gauza egin eta lor genezakeen. Dena zen posible. Dena zen zilegi.

Ostirala zen. Ekainaren 19a, oker ez banabil. Eta oso gutxi geratzen zitzaigun eskola-egunak amaitzeko. Egin beharrekoak eginda genituen, egia esan: azterketak, lanak... Dena. Teorian asteartean amaituko zen eskola, 23an. San Joan bezperan. Ordura artekoa, ordea, tramite hutsa zen. Egia esateko oporrak genituen jada. Baina oraindik zerbait falta zitzaigun benetan oporretan geundela sentitzeko eta sinesteko: San Joan sua, alegia. San Joan sua egiten eta erretzen gozatzea. Hura baikenuen oporren magian sartzeko derrigorrezko erritoa.

Surik gabe magiarik ez.

—Aurten bai —ziurtatu zuen Intzak—. Aurten, handiena gurea.

—Zalantzarik gabe —erantzun zion Ikerrek.

Intza neska alaia da benetan. Beti barrez eta beti atsegina. Ile horia eta luzea du eta zera baino sanoagoa da. Mutilok konfiantza osoa dugu beragan, eta beste neskaren batekin edozein arazo daukagunean eta nola konpondu edo zer egin ez dakigula baldin bagaude, Intzarengana jotzen dugu gauzak argitzeko-edo. Nola jokatu beharko genukeen jakiteko —egin edo ez, hori beste kontu bat zen, noski!—. Horrelako laguntza izatea ez zegoen batere-batere gaizki. Batik bat neskekin zenbat hanka sartze egiten genituen kontuan hartuta.

Eta Iker, berriz, … Pirata galanta. Kirolari aparta da. Ez da oso handia, eta txintxo-aurpegia du, ilea motza eta itxura barea. Itxura! Zeren noranahi goazela ere lehena izan behar du, eta bide guztiak probatu behar ditu. Pixka bat harroa da. Eta ezin da geldirik egon. Egunen batean kaskezurra hautsiko du. Orduan ere, istorio hau gertatu zenean, eskua lotuta zeukan, auskalo zeren ondorioz. Beti zerbait egiten egon behar horrekin, nekagarria bezain zirraragarria izan daiteke. Nola harrapatzen zaituen.

—Guztietan handiena —errepikatu zuen Ikerrek, begiak distira biziz.

4

San Joan su handiena. Bai, guztion nahia zen San Joan su handiena egitea. Inguruko auzoekin lehia ikaragarria izaten genuen, su handiena eta ederrena nork egingo. Anaia Garate auzokoekin, batik bat. Ohorea zegoen jokoan. *Gure* ohorea: Paulo VI auzokoona.

Urtero-urtero ibiltzen ginen nahi horretan. Alegia, gure San Joan sua handiena izatea. Baina gero eta gutxiago ginen, egia esan. Eta horrela oso zaila zen gauza aipagarririk lortzea.

Lehen, txikiagoa nintzenean, auzoko neska-mutiko mordoa elkartzen ginen, eta benetako talde-lana egiten genuen San Joan su aparta lortzeko. Denok egiten genuen lan: ikaragarrizko antolakuntza izaten genuen. Zaharrenek plan egokiak egiten zituzten, eta gutako bakoitzak ondoen zetorkion lan zatia egiten zuen.

Batzuk etxez-etxe joaten ziren, lehendabizi, ea zerbait botatzeko ba al zuten galdetzeko. Hala bazen, orduan eguna eta ordua jartzen ahalegintzen ginen, bila noiz joango ginen pixka bat zehazteko. Zerrenda luzea osatzen genuen datu horiekin guztiekin eta agenda modukoa egiten genuen. Horrela bagenekien zer geneukan eta nora eta noiz joan behar genuen bila.

Ondoren, beste batzuek sutara bota beharrekoa etxeetatik jaisten zuten, edo San Joan sua itxuraz eraiki, gauza bakoitza behar zen lekuan kokatuz, edo... Edozer gauza. Denok genuen zer egina.

Jendeak denetatik ematen zigun sutarako: koltxoiak, aulkiak, aldizkariak, panpinak, telebistak... Dena pilatzen genuen San Joan suan. Auzoko jendearentzat ez zen gaizki etortzen, guk geuk jaisten baikenituen gauzak, eta horrela lan hura gainetik kentzen zuten. Eta guretzat, zer esanik ez. Guk, zenbat eta tramankulu gehiago lortu, orduan eta hobeto. San Joan su handiagoa egin ahal izango genuen.

Hori, esan bezala, lehen. Egundoko talde-lana egiten genuenean. Egundoko antolakuntza genuenean. Zeren eta gero, mamuaren istorioa gertatu zenean, gu baino zaharragoak zirenek ez zuten San Joan suaren inguruko ezer jakin nahi. «Helduak» ziren, eta beste arazo batzuk zituzten. Etxez etxe ibiltzeak eta tramankuluak eramaten ibiltzeak dibertsio eta garrantzi guztia galdu zuen haientzat, antza zenez.

Bai, gero eta gutxiago geratzen ginen. Eta gu ginen orain, San Joan suari zegokionez behintzat, auzoko zaharrenak. «Helduak». Gure erantzukizuna zen, hortaz, dena antolatzea eta aurrera ateratzea.

San Joan su handiena egin nahi genuen. Ederrena. Itzelena.

Zaila izango zela bagenekien.

Baina ez zenbateraino.

5

Esan dut, gero eta gutxiago ginen. Lau «heldu» baino ez: Iker, Intza, Gari eta ni neu.

A, joño, ez dut Gariz hitz egin oraindik. Gari. Hau bai mutil altua! Kristoren kankailua da. Egundoko puska kentzen digu gainontzeko guztioi. Bueno, altueran, ze zabaleran gutako argalena izango da-eta. Baldar moldatzen da gorputzarekin —ez da erraza izango horrelako gorputz luzea ondo maneiatzea!—. Eskuarekin, berriz, ezin hobea da. Ikaragarrizko eskua du margotzeko. Eta nahiko ameslaria da. Beste era batera esanda, zora-zora eginda dago.

Baina gatozen harira. San Joan suaz ari nintzen. Gu ginen, laurok, auzoko helduenak. Bai San Joan sua jasotzeari zegokionez behintzat. Bakarrik geunden.

Azken mohikanoak.

Gu baino gazteagoak zirenak, auzoko gaztetxo gehienak, gure aginduen zain egoten ziren. Guk nora bidali, haiek hara. Kristoren erantzukizuna zen, aizue. Martxa onean ari ginen San Joan suarekin, baina ez zen nahikoa. Eta bagenekien. Bistan zen Garate Anaia auzokoen San Joan sua behintzat bikainagoa zela gurea baino.

Intzak agenda atera zuenean poltsikotik, susmo txarrak berretsi baizik ezin izan zituen egin. Bertan zegoen bisitatu beharreko etxeen zerrenda. Esan dut neska alaia zela. Oso alaia. Baina kezka apur bat sumatu genion begiradan.

—Ba, ez zaigu etxe asko geratzen.

Ordua begiratu nuen. Arratsaldeko zortziak. Afaltzeko ordua. Etxera joan beharko genuen. Egun bat gutxiago San Joan suarekin aritzeko.

—Ikusi al duzue Anaia Garatekoen San Joan sua? —galdetu zuen Ikerrek. Esku mindua igurtzi zuen. Azkura egiten omen zion.

—Uste dut Rubenen aitak gauza mordoa ekarri diela tailerretik —azaldu zigun Garik—. Kamioi batekin. Horregatik aurreratu dute hainbeste.

—Ezin diogu aurre egin horri —esan nuen nik, pixka bat etsirik—. Lau egun besterik ez zaigu gelditzen.

Intzak irribarre egin zuen. Gu lasaitzearren edo.

—Bururatuko zaigu zerbait.

—Zer? —galdetu zion Ikerrek. Ikerrek segituan nahi zituen konponbideak, lehenbailehen jartzeko lanean.

—Ez dakit —erantzun zion Intzak—. Zerbait. Ikusiko duzue.

—Ametsei galdetuko diegu —proposatu zuen Garik—. Ea biharko zerbait dugun.

—Bihar arte. Hamaiketan, ezta? —galdetu nuen.

—Bai —esan zuen Garik—. Betiko lekuan. Ea zenbat ideia ekartzen ditugun.

Izango genuen zerbait, bai. Eta horixe izan genuela.

6

Larunbata. Goizeko hamaikak.

Arropa denda baten atari aurrea genuen biltoki, eta han geunden Iker, Gari eta hirurok. Intza falta zen.

Alboan agure bat genuen, marinela izandakoa. Pixbe esaten zioten. Mutiko talde batek inguratzen zuen.

—Bai, bai, barre egin ezazue. Baina nik badakit zer diodan! —oihukatu zuen agureak, minduta—. Ez dira ipuinak!

Zora-zora eginda zegoen, gizajoa. Pixbe esaten zioten, bai. Arrantzale izandakoa zen, eta itsasoratu zen ontzietako batek «PYSBE: Pescadería Y Secadería Bacalao Euskadi» izena zuenez, ba, hari ere horixe egokitu zitzaion: baten batek Pysbe ezizena jarri zion eta handik Pixbera pasatu zen. Oso gaztetan alde egin zuen herritik, itsasoak gora, itsasoak behera. Urte dezente egin zituen itzuli gabe, eta jendeak ahaztu egin zuen pixkanaka. Baina, halako batean, hor non herriratu zen berriro. Burutik eginda-edo zegoela esaten zuten. Botatzen zituenak entzun besterik ez zegoen horretaz sinetsita bukatzeko. Zera baino xelebreagoa zen.

Pixbe pasieran ibiltzen zen egun osoan, tipi-tapa, eta beti erortzear zegoela ematen zuen. Agian marinela izanak emango zion ezegonkortasun ukitua: itsasoan mugitzen ohitua, lurra, nonbait, tinkoegia zen harentzat, eta oreka galtzeko zorian egongo balitz bezala ibiltzen zen. Agian tabernaz taberna ibiltzeak ere izango zuen eragina horretan. Majo ardozalea baitzen Pixbe.

Eta ikaragarrizko istorioak kontatzen zituen. Eta zizkigun.

—Ez dira ipuinak! —oihukatu zuen Pixbek beste behin, mutikoren batek irribarre egiten zuela ohartzean.

Pixbe alboko berdegune bateko eserlekura joan zen. Gazte-taldea atzetik joan zitzaion. Istorioren baten zain, noski. Pixbek hamaika istorio zituen kontatzeko, eta kontatzen zituen: kondairak, laminak, hildakoak, munstroak, mamuak… Itsasoa. Itsaso-bideak. Itsaso-ametsak.

Pixberengana hurbildu ginen, atseginez. Zein istorio izango ote zuen orain?

Muturtu itxura zeukan Pixbek, ezer ahoskatu nahiko ez balu bezala. Baina hori zuen betiko aurpegia, eta guk bagenekien gogor-itxura hura mozorroa besterik ez zela, eta gurina eguzkitan bezala bigunduko zela laster batean. Mozkor-zotina atera zitzaion halako batean:

—Kik!

Orduan Intza ikusi nuen urrunean. Beste neska batekin zetorren gugana. Begiak luzatu nituen disimulu puntu batez, beste neska zein ote zen antzemateko, baina urrutiegi zeuden oraindik. Pixberengana jo zidan arretak.

Agurea urduri antzean zegoen. Hastea kostatu egiten zitzaion. Ezetz eta ezetz jarduten zuen, ez zigula ezer kontatuko. Hori ere ohi bezala. Baina halako batean geldi-geldi geratzen zen, urrunera begiratzen zuen, begiak pizten zitzaizkion. Zerurantz begiratzen zuen eta irribarre txikia ateratzen zitzaion.

—Zuen adina neukanean... Itsasoa... Itsasoa maite nuen.

Eta bagenekien jarraian istorio bat zetorrela. Itsasoak beti zituen istorioak Pixberentzat. Fantasiazko munduak zabaltzen zizkigun orduan. Une horietan, istorioren batekin korapilatuta zegoela, Pixbek txinparta modukoa izaten zuen ariman. Piztu egiten zen.

Eta gu berarekin.

7

—Askotan pentsatzen dugu mitologiaz izendatzen duguna, kondairek kontatzen digutena, aspaldiko ipuinak direla, oso urrunekoak —hasi zen Pixbe—. Ez dugu ikusten kondaira barneen dugun ahotsa dela. Eta hola doakigu —esku batez ilea nahastu zion mutiko txiki bati. Irribarre ameslaria atera zitzaion Pixberi.

Jarraitu egin zuen—: Orain kontatuko dizuedan istorioa Bermeon gertatu omen zen. Bermeon eta Bermeo parean dagoen Izaro uhartean.

Une horretan iritsi zen Intza gugana. Agurtu egin gintuen, keinu batez. Agurrari erantzun nion, mekanikoki, bekainak mugituz. Begiak harekin zetorren lagunarengana joan zitzaizkidan, ni burdinazkoa izan banintz bezala eta hura, Intzarekin zetorren aingeru mitologikoa, imanik indartsuena. Ile luze-kizkurra zuen, iluna, nahasia, distiratsua. Eta peto bakero polit bat. Peto polita, esan dut? Neska bai! Kateatu egin nintzen: aurpegiaren irudian, kolorean, argian. Nola izan zezakeen izaki bizidun batek horrelako aurpegi polita? Zein zen neska hura? Intzari galdetu behar nion:

—Aizu, Intza...

—Txxxxx! Ixo! —esan zidan alboko neska txiki batek, elastikotik tira eginez. Begirada zorrotzez isilarazi ninduen. Pixberen istorioa entzun nahi zuen. Istorioa... Istorioa Intzarekin etorri zen neska haren aurpegia zen, demontre!

—Aspaldi —jarraitu zuen Pixbek, nire barne-kataklismoari jaramonik egin gabe. Beste mozkor-zotina atera zitzaion—: ...Kik! ...Aspaldi, frantziskotar-talde bat bizi zen Izaro uhartean. Isolaturik egon nahi zuten, ahal zuten neurrian. Beharrezkoa zenean bakarrik hurbiltzen ziren Bermeora. Ez zuten harremanik nahi herritarrekin. Are gutxiago emakumeak baldin baziren. Oso zorrotzak ziren horretan.

Nik Intzaren alboko neska aztertzen nuen, neure ustez ezkutuak ziren zehar-begiradekin. Frantziskotar-talde hori imajinatu nuen: uhartean, bakar-bakarrik. Ni ere egongo nintzen uhartean, hara. Baina istorioaren bigarren zatia ez nuen hain gogoko: inolako traturik ez jendearekin, are gutxiago emakumeekin. Tratu horretan Intzaren alboan zegoen Jainkosa hura sartzen baldin bazen, jai zuten nirekin frantziskotar haiek.

—Behin batean —jarraitu zuen Pixbek—, frantziskotar haietako bat Bermeora joan zen behar zuen zerbait bilatzera. Gaztea zen eta ospe ona zuen gainontzeko frantziskotarren artean. Guztiek maite zuten. Gauza handiak egingo zituela ziur zeuden. Kontua da Bermeoko kaleetan neska gazte eta lirain bat ikusi zuela. Frantziskotarra eta Bermeoko neska elkarren begietan trabatu ziren une luze batez. Mutilak zorabialdia sumatu zuen bere baitan. Zer gertatzen zitzaion? Zer zuten neskaren begi haiek? Segundo batzuk behar izan zituen bere onera itzultzeko. Egin zuenean, frantziskotar gazteak buelta eman eta handik alde egin zuen, urduri eta ziztu bizian.

Intzak bere lagunari begira harrapatu ninduen, ño. Intzaren irribarrea ikusi nuen, beste neskari begira nengoela, esanez bezala: gustukoa duk, e? Joder! Neu ere, Pixberen istorioko frantziskotarra bezala, urduritu egin nintzen. Eta aingerutxoa zirudien neskak, neure Jainkosak, geldi-geldi jarraitzen zuen, Pixbek kontatzen zuena entzuten. Beste dimentsio batean egongo balitz bezala. Eta nire bihotza, bitartean, perkusio-kontzertua jotzen: TXIS-PUN, TXIS-PUN, TXIS-TXIS-PUN, TXIS-PUN-PUN. Oso bihotz asinkronikoa daukat. Zeharo aldrebesa. Jo.

8

Nire bihotzak perkusio-kontzertuarekin jarraitzen zuen bitartean, Pixbek gehiago azaldu zigun:

—Frantziskotar gaztea Bermeora itzuli zen hurrengo batean —mozkor-zotina—: Kik! Berriro egin zuen topo aurreko neska harekin. Berriro trabatu zen haren begietan. Eta hurrengo batean beste hainbeste. Eta hurrengoan ere bai. Neska eta frantziskotarra maitale bihurtu ziren. Azkenerako, mutila egunero herriratzen zen. Baina haren kideek, gainontzeko frantziskotarrek, susmo txarrak zeuzkaten eta herrira joatea debekatu zioten. Frantziskotar gazteak onartu egin behar izan zuen… egunez. Egunez uhartean gelditzen zen, txintxo-txintxo.

Baina gauez, ezkutuan, Izaro uhartetik Bermeora joaten zen igerian, neskarekin egoteko. Neskak kandela bat pizten zion hondartzako muino batean, mutilak nora joan behar zuen jakin zezan. Gero, goizean, egun-argiarekin, mutila uhartera itzultzen zen, egindakoak isilpean mantenduz.

Kaguenlaletxe. Ez nintzen ni bakarrik ohartu han, alboan, zeruko aingerutxo bat genuela. Konturatu nintzen Ikerrek eta Garik ere arreta gutxiago jartzen ziotela Pixbek kontatutakoari. Ikerrek, batik bat. Eta Iker arerio arriskutsua zen, txintxo-aurpegi horrekin... Pizti begirada ikusi nion madarikatuari, eta etorri berria harrapakina balitz bezala aztertzen zuela iruditu zitzaidan. Etorri berria. *Nire* Jainkosa. Garrasika hasi nahi nuen. A zer nolako lagunak. Zer uste zuten? Emaztea kendu nahi ez zidaten, ba!

—Zeruan eta lurrean —segitu zuen Pixbek, Shakespeare parafraseatuz—, gure filosofiak uste duen baino gauza gehiago dagoen modu berean, itsasoan arrainak baino zerbait gehiago dago. Itsas-laminak, esaterako. Ezagutzen dituzue? Ez, ez, barrerik ez egin. Badira. Izena duen guztia omen da.

—Zuk ikusi al dituzu, ba? —galdetu zuen haur-ahots batek.

Pixbe begira geratu zitzaion galdetzaile txikiari, baina burua beste nonbait zuen, batere hurbil ez zeukan zerbait gogoratzen ariko balitz bezala. Haren garuna imajinatu nuen bat-batean, torlojuz eta azkoinez betea, denak martxan eta biraka, txak-txak-txak, oroitzapenak ekarri nahian. Zurrumurru urruna entzuten nuela iruditu zitzaidan. Pixberen ilusioa zen.

—Ikusi ditut —esan zuen Pixbek azkenean, buruarekin baietsiz—. Ederrak dira. Oso. Ile horia ohi dute. Urre-orrazi batez apaintzen egoten dira sarritan. Kik! —burua astindu zuen une batez—. Baina Bermeoko istorioarekin ari nintzen. Gatozen harira. Frantziskotarra Bermeo aldera zihoan batean, itsas-lamina batek ikusi zuen. Jakin-minak jota, lamina atzetik joan zitzaion, ezer esan gabe. Zenbait gauez errepikatu zen hura. Lamina atzetik joan eta frantziskotarra Bermeoko neskarekin nola elkartzen zen ikusten zuen. Bihotzaren bideak nahasiak izaten dira. Batek daki zergatik, baina laminak oso gogoko izan zuen mutil gaztea. Berarentzat nahi zuela erabaki zuen.

Lagunak aztertu nituen beste behin. Kaka zaharra. Istorio guztiak berdinak dira! Gero plagioaz hitz egiten dute. Istorioko laminak mutila lapurtu nahi zion beste neskari. Eta Ikerrek niri lapurtu nahi zidan neska. Beno, egia da: neska ez zen nirea. Ezta hurrik eman ere. Baina izan balitz bezala! Istorio guztiak berdinak dira, ene. Istorio bat eta bera. Hola ezin da. Neskaren aurpegia miretsi nuen berriro. Ezin zen benetakoa izan, hain zen ederra. Lamina ote? Ez ote zuen nahiko ni lapurtzea?

—Laminak ikaragarri ederrak dira —jarraitu zuen Pixbek—. Horregatik pentsatu zuen laminak ez zuela inolako arazorik izango mutilaren arreta erakartzeko. Frantziskotar gaztea Bermeo aldera zihoan gau batean, lamina aurrean azaldu zitzaion, biluzik, ezin erakargarriagoa. Laminak ez zeukan zalantzarik mutila besoetan eroriko zitzaiola. Ba, ez. Mutila harritu egin zen, hori bai. Eta agurtu ere egin zuen lamina. Baina aurrera egin zuen, Bermeo aldera, herriko neskak kandela piztua zeukan lekura. Lamina ikaragarri sutu zen. Nola zitekeen mutil hark bera ez hautatzea? Nola zen posible? Mendekua hartuko zuela agindu zion bere buruari.

Aspertzen hasia nintzen. Istorioa baino nahiago nuen Intzaren alboan zegoen neska hura ezagutzea, jo. Amaitu, Pixbe! Jainkosa bat ezagutu behar dut.

9

—Hurrengo gauean, Bermeoko neskak kandela piztu zuen, beti egiten zuen moduan. Baina laminak, haize bolada batez, hura itzali eta beste kandela bat piztu zuen. Itsas-labarrean. Itsasoak eta haitzak bat egiten zuten frontean. Mutila ezertaz ohartu ez eta harantz egin zuen. Heriotza aldera. Arroken kontra amaitu baitzen frantziskotarraren ametsa. Goizean aurkitu zuten haren gorpua, hondartzan. Bermeoko neskak negar batean amaitu zuen. Lamina, berriz, hasieran, une batez, irribarretsu agertu zen. Laster konturatu zen, ordea, mutila berarentzat ere galdua zegoela, eta ezin izango zuela berpiztu. Baina, horretaz ere jabetu zen, bertan nahiko zukeen. Bizirik. Berarekin. Eta garrasika hasi zen, tristurak jota. Eta zeharo damututa. Lamina hondartzan gelditu zen betiko, aieneka. Diotenez, oraindik ere, adi egonez gero, entzun daitezke Bermeoko neskaren negarra eta laminaren garrasia.

—Egia al da? —galdetu zuen Intzak. Tonu sineskorra zuen. Intzak bazekien Pixbek gustura hartuko zuela galdera. Agureak burua eta ahotsa jaitsi zituen, sekretu bat esan behar zuela iragarriz bezala.

—Batzuek haizea besterik ez dela diote —esan zuen.

—Eta zuk? —galdetu zion Intzak—. Zuk zer uste duzu?

Pixbek eztul egin zuen. Pentsakor geratu zen une batez.

—Nik gauza asko ikusi izan dut itsasoan —jarraitu zuen. Beste eztul txikia egin zuen—. Batzuk ezin izan nituen logikarekin azaldu.

Jaikitzen hasi zen, nekez. Ikerrek eta biok lagundu genion. Begirada labur batez eskertu zigun. Istorioari zegokiola, ez zuen gehiago argitu. Buru-keinu batez agurtu gintuen, eta urrundu egin zen.

—Pixbe, Pixbe, kontaiguzu beste istorio bat! —oihukatu zioten bi mutikok. Pixbek ezetz adierazi zuen buruarekin.

—Bihar. Edo hurrengoren batean —bota zuen azkenean. Eta beste mozkor-zotina—: Kik!

Mutikoak sakabanatuz joan ziren, saioa amaitu zela ikustean. *Helduok* geratu ginen: Gari, Iker, Intza, ni neu… eta BERA, aingeru edo Jainkosa edo lamina izan behar zuen hura.

Hiru mutilok neska berriari begira geunden. Hark ez zuen hitzik egiten. Intzari begira jarri ginen orduan.

—Lagun bat ekarri dut —azaldu zuen Intzak—. San Joan suarekin lagunduko digu.

—A —esan zuen Garik, bat-batean zerbaitez gogoratu balitz bezala—. Nik ere badut berririk horren inguruan. Hiretzat, batez ere —esan zidan, erdi-maltzur begiradarekin—. Mesedea egin behar diguk.

—Nik? —harritu nintzen. Zer esan nahi zuen?

—Beno, kontatuko diguzu —eten zigun Intzak—. Lehendabizi elkar ezagutu beharko dugu, ez?

Hori, hori. Lehendabizi, elkar ezagutu. Guztiz bat nentorren Intzarekin. Kaixo, Jainkosa. Zure zerbitzari nauzu.

10

—Aiora —azaldu zigun Intzak, horrela zuen izena zerutik jaitsitako izar distiratsu hark. Kursia naizela? Hara, eta? Zuek han egon bazinete... Baina ez, ez zeundeten zuek: ni nengoen. Eta esan bezala sentitzen nuen.

Kontuak kontu, Aiorak irribarre txikia egin zuen. Jo, jainko banintz, jainkosen pare!

—Aupa, ni Andoni naiz —esan nuen, ziztu-bizian. Lehenengo inpresioa omen da balio duena, ezta? Hori zioen kolonia-iragarki batek behintzat. Lehenengo inpresioa. Eta nik lehena izan nahi nuen. Aiorak nire inpresioa izan zezan. Ona edo txarra, baina nirea, hara. Garik eta Ikerrek begirada zorrotza zuzendu zidaten. Ikerrek batik bat. Izorratu, aizak. Ni azkarragoa izan nintzen.

Bi musu lapurtu nizkion neskari. Irribarre laburra egin zidan.

—Eta beste hauek Gari eta Iker dira —esan zion Intzak neskari.

Aiorak niri egin zidan irribarre labur bera egin zion bakoitzari. Eta bina musu eman.

Baina hitzik ez.

—Zer, mingainik ez? —bota nuen nik, jostagarri. Hobe nukeen mingaina ipurdian sartu izan banu.

—Mutua da —esan zuen Intzak.

—Mutua...?

—Mutu-mutua —zehaztu zidan.

Listua irentsi nuen. Behin. Birritan.

Isilune eternoa.

—Barkatu... Nik... —hasi nintzen, zezelduz. Segapotoa halakoa!

Aiorak lasai egoteko keinua egin zidan. Ez nekiela eta ez zuela axola.

Baita zera ere! Jainkosa nirea izateko aukera, haizea hartzera.

Jo.

11

Ikerrek bekokia zimurtuta begiratu zion Aiorari, lehendabizi, eta Intzari ondoren. Garbi zegoen *grazioso*-ateraldia egin nahi zuela.

—Zer egin behar dugu, mutuen hizkuntza hori ikasi? —esan zuen, eskuak gora eta behera mugituz, gor-mutuen hizkuntza hitz egiten dutenek jarduten ziren antzera-edo. Ez zirudien txantxetan esaten zuenik, baina ez zitzaidan guztiz egokia iruditu haren iruzkina. Lekuz kanpo zegoen.

Aiorak, berriz, irribarre egin zuen. Ezetz adierazi zuen buruarekin. Gero Intzari begiratu zion, zerbait gehiago azal ziezagun.

—Ez, ez —hasi zen Intza—. Lasai hitz egin Aiorarekin. Aiorak primeran entzuten du. Hitz egin ere bai, berez, baina ez orain. Auto-istripua izan zuen duela hilabete batzuk. Jada guztiz osatua dago... mututasuna izan ezik. Hori du arrasto bakarra.

—A. Orduan normala da? —bota zuen Ikerrek.

—Joder, Iker! —esan nion nik, larriturik—. Hi haiz hi astapotroa!

—Bai —jarraitu zuen Intzak, apur bat serio—. Gure Iker ez da oso mutil fina, batzuetan. Aiora *normala* da —eta Ikerri zuzendu zitzaion—: *hi* ez bezala.

—Et-et-et, nik ez nuen esan nahi... —hasi zen Iker defendatzen. Loturiko eskua altxatu zuen, denbora eskatuz bezala.

—Ba ikasi ez esaten —eten zion Intzak. Aiorak lasaitzeko eskatu zion keinu batez, ez zuela axola adieraziz bezala—. Denbora kontua da, gainera. Lehenago edo geroago itzuliko omen zaio mintzamena.

Aiorak, bitartean, zera baino lasaiagoa ematen zuen. Giocondaren irudia etorri zitzaidan gogora. Leonardo da Vincik margotu zuen Mona Lisaren erretratu hura. Irribarre bera zuen Aiorak: lasaia, lasaigarria. Ederra!

Aiora oso xelebrea zen, berehala ohartu nintzen. Isila zen. Ez, ez egin barrerik. Badakit mutua zela. Baina hitzik ezin egiteaz gain,

Aiora pertsona isila zen. Izaeraz. Mugimenduz. Begiradaz. Isila zen ez baitzuen inolako zaratarik ateratzen. Isila zen ez zitzaiolako antzematen zer demontre pentsatzen zuen, gurekin benetan ondo al zegoen ala ez, zer zuen amets. Eta, bai, isila zen, baita ere, mutua zelako. Baina azken honek zeukan, bada, garrantzi txikiena gainerako beste isiltasun infinituan.

—Amaren lagun baten alaba da —agertu zigun Intzak—. Aioraren ama azpeitiarra da jaiotzez, baina txikitan kanpora joan ziren bizitzera. Orain gure etxera etorri da egun batzuk igarotzera. San Joan suarena azaldu diot eta guri laguntzeko prest dago.

—A, primeran —onartu nuen nik. Jo, horixe primeran. Jainkosa gurekin geratuko zen! Garik eta Ikerrek ere ezin hobeto iruditzen zitzaiela adierazi zuten.

Baina Ikerrek ez zeukan aurreko ehiztari begirada. Uste dut konturatu zela bere hankasartzea nirea baino handiagoa izan zela. Orain ez zen ehiztaria, baizik eta urduri zegoen mutil gaztea. Badakit, guztiok ditugu maskarak errealitateari aurre egiteko, bizitzaren antzerkian egokitu zaigun paperean antzezpen itxurosoagoa egiten ahalegintzeko. Normalean ez dugu asmatzen, nabari den bezala. Ikerrek gordinean dastatu zuen bezala. Ehiztari-maskara, bada, pixka batez erori zitzaion.

Niretzat hobe.

Bestelakoan, bostok elkarri begira egon ginen zer esan ez genekiela-edo.

Isilunea.

Uste dut mutilotako inor ez zela ausartu hitz egiten une hartan. Ez genekien zer esan. Pixka bat artega geunden. Ni, ez nuelako berriro hanka sartu nahi, eta iritzi niolako hobe nuela egoera —egoera?: Jainkosa!— pixka bat hobeto ezagutu; Iker, beharbada, haserre-ukitua zuelako bere buruarekin edo agian Intzarekin, errieta egin ziolako; Gari... Gari auskalo. Askotan esaten genion altuegia zela, eta altuera horretan oxigeno gutxiago zuela.

Gutxiegi. Eta garuna ahuldu egiten zitzaiola ondorioz. Bere munduan bizi zen askotan.

—Beno, Gari —esan zuen Intzak, azkenean—. Zerbait esan behar omen zenigun, ezta?

—A, bai! —gogoratu zen Gari—. Berri on bat daukat. Edo beno, proposamena, berria baino gehiago. Ideia bat dut.

Niri begira geratu zen. Zer nahi ote zuen?

12

—Ez zaigu etxe askorik geratzen gauzak hartzera joateko, ez?

—Ez —Intzak bere agendatxoa atera zuen poltsikotik—. Oraintxe, ordu laurden barru, batera joan behar dugu. Baina beste hiruzpalau etxe besterik ez zaigu geratzen. Hutsaren hurrengoa, ia.

—Eta ezin dugu inguruko auzoetara jo, beraien San Joan sua dutelako —arrazoitu zuen Garik.

—Ez, ezin dugu —esan zuen Intzak, bestearen nondik norakoa harrapatu nahian—. Eskatuta ere ez digute ezer emango.

Irribarrea loratu zen Gariren ezpainetan. Azeri-irribarrea zen.

—*Eskatuta* ez.

Gariri begira geratu ginen segundo batzuez. Zer esan nahi ote zuen? Ematen zuena?

—Zer esan nahi duk? —galdetu zion Ikerrek—. Ez diat ulertzen.

—Lapurtu? —bota zuen Intzak.

—Ez, lapurtu ez —jarraitu zuen Garik—. Ezin lapurtu inorena ez dena.

Neu ere galtzen hasia nintzen:

—Hitz egin ezak garbi, Gari. Zer esan nahi duk?

Guztiok aztertu gintuen. Banan-banan. Ez zitzaidan gustatu Aiorari zuzendu zion begirada.

—Lehen dorretxe zaharraren inguruan ibili naiz.

Eta Intzak:

—Zein dorretxe?

Garik entzungor egin ziola ematen zuen. Zerbaiten bila bezala hasi zen. Makila bat hartu zuen lurretik, azkenean. Putzu txiki batean busti zuen mutur bat, eta zerbait zirriborratzen hasi zen lurrean.

—Gari, misterio gutxiago —eskatu nion nik—. Zein dorretxe? Enparan?

Garik irribarre egin zuen. Berriro busti zuen makila putzuan eta margotzen-edo jarraitu zuen. Pixkanaka, gure harridurarako —Gari miragarria zen horrelakoetan—, guztiok ezagutzen genuen etxe zahar baten irudia agertuz joan zen. Guztiok, baina bereziki nik.

—Loiolako etorbidean dagoen dorretxe zaharra da! —esan zuen Intzak, harrituta.

—Zuen familiarena dena, Andoni —osatu zuen Garik, niri begira.

Ikerrek bizkarretik heldu zion Gariri, hura guztia lehenbailehen argitu nahian.

—Gari. Zer ikusi duk han?

Garik begi-keinua egin zion.

—Gure garaipena.

13

—Ez dakit zergatik —hasi zen azaltzen Gari—, baina etxe haren inguruan nenbilen, eta hurbildu egin nintzen. Oso zaharkitua aurkitu nuen, egia esan. Erabat abandonatuta dago, ezta? —galdetu zidan.

—Bai.

—Zergatik? —galdetu zuen Intzak. Pixka bat argitzen ahalegindu nintzen, baina Garik sorrarazi zidan kezka gainetik ezin kenduz. Zer demontre zeukan buruan?

—Ez dakit gehiegi horren inguruan —aitortu nuen; egia zen—. Gure etxean ez dute horretaz asko hitz egin nahi. Ez da bakarrik gure familiarena, osaba-izebena eta parafernalia guztiarena. Beste familiaren bat ere tartean omen dago. Eta, dena nahasteko, familia bakoitzaren barruan fakzioak omen daude. Mafian bezala. Dorretxea askorena da. Gehiegirena, gauza onerako. Eta ez dira ados jartzen zer egin nahi duten erabakitzeko. Eztabaidak izan omen zituzten eta azkenean egundoko liskarrak egon ziren. Batzuek gauza bat nahi dute, beste batzuek beste bat, eta beste zenbaitek, berriz, aurreko guztiak izorratzea baino ez. Ondorioz, etxea ez du inork erabiltzen ez erabiliko. Eta ezin dute bota, horretarako ere ados jarri behar dutelako. Tristea. Eta etxea hortxe dago. Erortzeko zain-edo.

Besteek nik emandako informazioa isilean bereganatu zuten. Garik jarraitu zuen, ondoren:

—Kontua da eguzkiak bete-betean jotzen ziola dorretxeari, eta, nahiz eta oso gertu ez egon, leiho batetik nahiko garbi ikusi ahal izan dudala barrua. Hor bai dagoela altzari, koltxoi eta tramankulu!

—Eta? —galdetu zion Intzak.

—Nola «eta»? Gure zain daude!

—Baina ezin ditugu hartu! —eten zion Intzak—. Ez dira gureak eta ez dizkigu inork eskaini!

—Inork behar ez dituen gauzak aterako genituzke. Inork sekula erabiliko ez dituenak. Ikusten badugu altzari itxurosoren bat, edo aprobetxa daitekeen edozein gauza, ba ukitu ere ez dugu egingo. Baina hondatuta dagoena, edo ezin dena erabili... Hori bai. Mordoska zegoela ematen zuen. Guretzat ona. Eta inork ez luke galduko.

Ikerrek esku mindua igurtzi zuen. Irrikak jota zegoen ordurako:

—Anaia Garate auzokoek galduko zuten.

—Beno, hori da —konturatu zen Gari, pozez—. Norbaitek galtzekotan, Anaia

Garatekoek galduko zuten. Guk irabaziko genuelako. Zer diok? —galdetu zidan.

—Ezinezkoa da —esan nien.

—Zergatik? —galdetu zuen Garik.

—Bai, zergatik? —erantsi zion Ikerrek. Garbi zegoen zer pentsatzen zuen—. Egin dezakegu. Egin behar dugu.

—Ezinezkoa da —errepikatu nuen nik—. Norbaitek jakingo balu zertan ari garen... Imajina ezazue, gainera, ni ikusten nauela dorretxearen gainean zer esana duen horietako baten batek. Ba al dakizue zer ekar dezakeen horrek? Potroak moztuko lizkidakete. Gutxienez.

Garik barre egin zuen.

—Baina zer egin behar dute bestela tramankulu zahar horiekin guztiekin? Eta egunen batean zuen arteko nahaste-borraste hori konponduta ere, zer? Zuzenean zabortegira eramango dituzte, ikusiko duk. Horiek ezin dira erabili! Aprobetxa ditzagun, orduan!

—Ez —ihardetsi nion nik. Oinak lurrean jarri behar nituen. Neureak eta besteenak—. Izorratzeagatik bakarrik, ezertarako beharko ez balute ere, ez lidakete utziko. Eta ezin diet baimena eskatu: guztiz alferrikakoa izango litzateke.

—Eta ezin gara besterik gabe joan eta gauzak ateratzen hasi —gaineratu zuen Intzak—. Harrapatzen bagaituzte...

Garik besoak gurutzatu zituen.

—Horixe egin dezakegula! Eta ezingo gaituzte hain erraz harrapatu. Kontuan hartu ez garela San Joan sua egiten ari garen bakarrak. Koltxoiekin-eta ikusten bagaituzte pentsatuko dute beste nonbaitetik atera ditugula. Tentuz ibiliz gero, ez dugu inolako arazorik izango. Eta etxe horretan ez du inork ezeren faltarik sentituko. Zenbait urtetan ez behintzat.

—Baina —jarraitu nuen nik, aitzakia bila bezala— gaizki gogoratzen ez badut, leihoek burdinazko barrak dauzkate eta ateak zera baino gogorragoa ematen du —Gariri zuzendu nintzaion—. Nola nahi duk sartzea?

Guztiok Gariri begira geratu ginen.

—Lehen pisuan —hasi zen, dena pentsatuta zeukala adieraziz—, leiho bateko barra apurtuta dago.

—Ez —esan nuen nik.

—Bai. Goazen eta ikusiko dugu.

Iker alai zegoen.

—Ni Garirekin bat nator —esan zuen. Beharrik ez; ikusten zitzaion—. Joan eta ikusi egingo dugu. Ahal bada, guk geuk aterako ditugu gauzak, handik pixka bat urrundu, eta gero auzoko beste mutikoei laguntza eskatu, honaino ekartzeko. Gu izan ezik beste inork ez du jakingo nondik lortu ditugun.

Eskuekin igurtzi nuen aurpegia, esnatu berritan egongo banintz bezala. Egiatan ari zen gertatzen? Etxe zaharrean sartu? Ez, ezinezkoa zen. Gainera…

—Gainera... —hasi nintzen. Baina isildu egin nintzen.

—Zer? Gainera zer? —galdetu zidan norbaitek.

Gainera... Baina ezin nien esan. Beti eman zidan beldurra etxe hark. Amamari oso istorio arraroak entzun nizkion txikitan haren inguruan. Oso arraroak. Hara ez hurbiltzeko errepikatu ohi zidan, arriskutsua omen zelako. Horma haien artean gauza bitxiak gertatzen omen ziren. Gauza ilunak.

Baina ez, ezin nien hori esan: beldur nintzela. Ez Jainkosa isil hura aurrean izanda behintzat.

—Ezer ez —bota nien—. Ezer ez.

—Zer, orduan bai? —galdetu zuen Garik.

Iker alboan jarri zitzaion. Noski.

—Ez dakit —esan zuen Intzak.

—Nik ere ez —esan nuen.

Aiorak sorbaldak jaso zituen.

—Bi baiezko eta hiru zuri —zenbatu zuen Ikerrek, irribarre maltzurrez—: hori baietz da.

Inork ez zion ihardetsi. Onartu beste erremediorik ez nuen izan.

—Arratsaldean joango gara, hortaz —esan zuen Intzak—. Orain lana dugu. Ohe bat eta bi armairu zahar jaitsi behar ditugu.

14

Arratsaldea. Dorretxera joateko garaia. Esandako orduan azaldu ginen bostok.

—To —bota zuen Garik.

—Zer?

—Intzaren ama.

—Intza! —deitu zion amak.

Kuxkuxero eta hipokondriako hitzak Intzaren ama definitzeko asmatu ziren. Ordua edozein zela ere, Intzaren ama beti leihoan, zer ikusiko. Edo bestela kalean, nor harrapatuko. Deskuiduan zu izaten bazinen biktima, akabo. Nondik zentozen, nora eta zergatik. Zer egin zenuen eta zein proiektu zenuen etorkizunerako. Ikasketak, bikoteak, zaletasunak… Zer dakit nik!

Eta, dena osatzeko, beti zen gaixo. Edo nekatuta. Edo kexu.

—Jo —murmurikatu zuen Intzak, burua jaitsiz. Irribarre egiten saiatu zen gero—. Kaixo, ama.

—Zer moduz? —agurtu gintuen guztiok. Banan-banan aztertu gintuen segidan—. Gero eta handiago zaude, Gari!

—Bai zera! —bota zion hark, erdi-txantxetan—. Mundua da gero eta txikiagoa!

Intzaren amak kopeta zimurtu zuen, erantzun hura nondik harrapatu ez zekiela.

Gainera, motza.

—Zer, nora zoazte?

—Jolasera, ama. Eta joan beharra dugu.

—Naturistatik nator —hasperen egin zuen, erruki bila—. Esan dit…

—Ez daukagu astirik, ama —eten zion alabak. Bazekien ama abiatzen bazen ezingo zuela hitz oldea gelditu—. Benetan. Joan beharra dugu.

Ama, mindu antzean:

—Ez duzu amarekin hitz egin nahi.

—Egunero hitz egiten dugu elkarrekin, ama. Baina orain lagunekin nago. Eta presaka gabiltza.

—Noski, noski. Lagunekin joan behar duzu. Zer da ama horren ondoan?

—Ama, faborez, ez hasi berriro. Hitz egingo dugu gero. Nahi duzun guztia. Baina orain ezin dut.

Une horretan auzoko beste emakume bat pasa zitzaigun albotik. Karmele. Arazoak zituen, antza, hortzordeekin. Gaizki jarrita zituen, itxuraz, eta hor zebilen, hortzak atera eta sartu. Intzaren ama begira gelditu zitzaion. Gure salbazioa?

—Ez dago errespeturik —esan zion Intzaren amak beste emakumeari—. Jada ez dago... Karmele, zer duzu?

Karmelek begirada urduria egin zion.

—*Horzak. Ejinitut ono jari.*

—Ai, Karmele, jada ez gara gazteak. Eta gazteek baztertu egiten gaituzte.

Hor utzi genituen, mundua konpontzen. Mundua eta, bide batez, hortzak.

Min aurpegia jarri nahi izan zuen Intzaren amak. Pentsatzen dut gutako inork ez zuela pena handirik izan. Ez genion sinesten. Beti min denak izaten duen arazoa da: batzuetan egia dioela. Ezin jakin, ordea, noiz.

15

Arratsaldeko bostak inguru izango ziren eta ez zegoen batere lainorik zeru garbian. Argia edonon. Han izan ezik.

Etxea iluna eta misteriotsua zen. Berezia. Betidanik gogoratzen dut han, isolatua eta bakartia. Betidanik gogoratzen dut nire deserosotasuna haren alboan igarotzean. Zerbait igortzen zuen. Atzeman ezin nuen ezkutuko energiaren bat, zehatzezina eta itogarria. Gau ilunegi bateko une isila bezala. Iluna. Beltza. Nahasgarria.

Esfinge bat bezain enigmatikoa.

Auzotik nahiko hurbil genuen. Baina, askotan, hurbil bezain urrun zegoela esan zitekeen. Etxe hark ezezaguna adierazten baitzuen. Neure mapetatik at agertzen zen eremua.

Aspaldi, kartografoak leku desberdinetako mapak egiten ibiltzen ziren. Ezagutzen ez zuten muga batera iristean, *terra incognita* izena jartzen omen zioten: lur ezezaguna. *Terra incognita* hura zen abenturarako gunea. Eta danbateko aipagarrienekoa.

Etxe hura *terra incognita* nuen neure deserosotasunean.

Herritik pixka bat bananduta zegoen. Baina distantzia ez zen, adierazi bezala, soilik fisikoa. Herriko etxeetatik 100 metro eskasetara egongo zen, pentsatzen dut. Gutxiago, seguruenik. Baina hain urrun zirudien era berean…

Hain hurbil.

Hain urrun.

Harrizko barruti batek inguratzen zuen. Hesi modukoa erdi-higatuta eta erdi-erorita zegoen ordurako, euriak, urteen joanek eta hainbaten jardunek hondatua.

Etxeak berak hiru pisu zituen. Dorretxea ematen zuen, bai, etxea baino gehiago, goroldioak jotako harrizko horma sendoekin. Ahazturiko garai bateko gaztelu iraunkorra, ahitua balitz bezala.

Munstro bizia iruditu zitzaidan bat-batean.

Zain genuen munstroa.

16

Urrunetik aztertu nuen. Eraikin zahar hark kale itsua osatzen zuen beste pareta zaharrago batekin, eta itzal ia hermetiko eta amaiezinez estaltzen zuen lekua. Paretak etxea babesten ez zuen zatian zegoen harrizko hesi erdi-erori hura.

Ez zen zaila izango hura zeharkatzea. Itxuraz behintzat.

Hantxe geunden, bada, gu, etxeari begira. Izerdi hotzetan blai. Gehienontzat lehenengo aldia zen etxe batean sartzen ginena. Lehendabiziko aldia. Edozein gauzatan, bortitzena beti.

Pasiera egin genuen etxearen inguruan. Ordubete behintzat ibiliko ginen horretan, etxea distantzia seguru batetik aztertzen. Hobe azkarregi ez ibiltzea, hori erabaki genuen. Hobe pixkanaka joatea.

—Ez du ematen inor dagoenik —esan zuen Intzak, agian denok lasai gintezen. Ez, ez zuen ematen arima bizirik zegoenik han. Baina hala ere pixkanaka hurbildu ginen. Zaratarik atera gabe—. Sartu egingo al gara?

Hitz egitea erraza zen. Baina orain han geunden, eta aurrera egin ez egin erabaki behar genuen. Ez zen inon sarrera debekatzen zuen kartelik. Ezta gure etxeetan ere, ordea, eta horrek ez zuen kentzen debekua.

Ni urduri nengoen. Besteak ere antzera.

—Gainera, nola aterako ditugu gauzak hor barrutik? —bota zuen Intzak. Eta egia zen. San Joan surako zerbait aproposa egongo balitz ere, ez zen erraza izango hura handik ateratzea. Leihoek, nik gogoratu bezala, burdinazko barrak zituzten, eta ateak ondo itxia eta sobera sendoa ematen zuen.

—Lehendabizi sartzen ahalegindu behar dugu —esan zuen Garik. Harri-hesian igo beharrik ez zeukan etxea ikusteko. Hesia baino altuagoa zen eta!—. Zer dagoen ikusi. Eta gero gerokoak. Agian barrutik zabal dezakegu ate nagusia. Orduan ez litzateke oso zaila izango gauzak hortik ateratzera. Moldatuko gara, nola edo hala.

Bitartean, Iker, ezin zain egonik, aurreratu egin zen eta lekua aztertzen zebilen.

—Hemen zulo nahiko handia dago. Harria dexente pitzatuta dago —jakinarazi zigun, hesi puska kentzen zuen bitartean. Kendu orduko sartu zen—. Etorri!

Elkarri begira geratu ginen.

—Zuzena izango al da? —galdetu zuen Intzak, oso garbi ez zeukala garbi utziz—. Zer aurkitu nahi duzue?

Gari sartu nahian zebilen, baina ez zen samurra. Zuloa txikia ez zen arren, bera ere ez.

—Joder, ez naiz kabitzen. —Berriro atera zen. Beste harri puska bat kentzen ahalegindu zen, hobeto sartzeko. Ez zen erraza.

—Utzidak pixka bat —eskatu zion Intzak Gariri—. Barrua ikusi nahi diat.

Intza arazo handirik gabe sartu zen.

—Non da Iker? —galdetu zigun, jada barruan.

—Nola non den? —harritu ginen—. Hor nonbait.

Nik jarraitu nuen:

—Hori dagoeneko etxe barruan izango da. Ezin egon!

Garik harri-puska galanta askatzea lortu zuen hesitik. Zarata dezente egin zuen erortzean. Hautsez beteta amaitu zuen Garik, baina, zorionez, ez zuen minik hartu.

Zaratak kezkatu egin gintuen. Isil-isilik egon ginen. Minuturen bat edo beste pasako zen horrela.

—Zer da hori? —galdetu zuen Intzak azkenean. Irribarrerik gabe.

—Zer?

—Zarata hori.

—Zein zarata? —galdetu nion nik. Urduritzen hasi ginen.

—Baten bat dator —esan zuen Garik ingurua aztertuz—. Pauso hotsak ematen dute.

Izutu egin ginen. Nire harridurarako Aiora hurbildu egin zitzaidan, babes-eske bezala. Ezin nuen sinetsi. Erdi-besarkatu egin nuen eta lasaitzeko adierazi nion. To.

—Intza, Iker! —oihukatu nuen—. Atera hortik oraintxe bertan. Irten!

Intzak ez zuen asko pentsatu. Berehala irten zen zulotik.

—Iker! —deitu genion—. Iker!

Aiora pixka bat askatu eta burua sartu nuen hesiko zulotik. Iker ikusi nuen azkenean. Etxeko atzeko aldetik zetorren, harridura aurpegiarekin.

—Zer duzue?

—Irten, azkar! Baten bat dator!

Iker ausarkeriak jota zegoen. Baina ez zen tontoa. Di-da atera zen.

Lasterka joan ginen gure kale aldera, olinpiadetako atletak bagina bezala. Azkarrago.

Lehenengo bataila, kale.

Oraindik gerra gelditzen zen, ordea.

17

—Zer zen? —galdetu zigun Ikerrek.

—Ez dakit —aitortu zuen Intzak—. Zerbait zetorrela iruditu zait.

—Zer? —jarraitu zuen Ikerrek.

—Ez dakitela, ba. Zerbait. Agian neure irudipena izan da. Baina... Ez dakit. Egia esan ez dakit.

—Gor-armada oso bat esnatzeko adinako zarata egin duzue —aurpegiratu zigun Ikerrek. Egia zen.

Isilik egon ginen puska batean.

Ni esan ez esan nengoen. Zerbait gehiago nekiela, alegia. Ezinezkoa eta fantastikoa. Hala ere...

—Amamak istorioak kontatzen zizkidan etxe horren inguruan —aitortu nien azkenik.

—Istorioak? —harritu zen Gari.

—Bera txikia zenean entzundakoak.

—Eta?

Nire buruari behin eta berriro errepikatzen nion: ez esan, ez esan. Ergel antzera geratuko haiz. Sineskor tentel moduan. Ez esan, ez esan...

—Zaratak entzuten omen ziren.

Esan nuen, azkenean. Jo. Ez nuen hasieran gehiago azaldu eta, noski, ezin zuten ondo ulertu benetan zer esan nahi nuen.

Ikerrek barre egin zuen.

—Zaratak! Nire etxean biziko bahintz! Goiko umeak puxtarrietan ibiltzen dira etxean, eta beheko gizona «zuk zeuk egin» telebista-saio horietako zalea da, eta badirudi arotz frustratua dela eta denbora galdua berreskuratu nahian dabilela. Hori bai dela zarata!

—Ez, ez —eten nion—. Ez zarata *horiek*. Zarata arraroak entzuten omen ziren. Gauean batik bat. Zaratak... Ahotsak izango balira bezala. Aieneak. Argiak ikusten omen ziren ilunean...

—Oi, oi, oi —esan zuen Garik, jostari—. Pixbe bezala hasi behar al duk? Zaratak eta hildakoak eta aieneak —begiak asko zabaldu zituen, eta eskuekin atzaparrak imitatu—. Operako mamua! Auuuuuuu!

Barre gehiago.

Hasiera batean dena sumindu nintzen. Baina Aioraren presentzia sumatu nuen. Lotsatan geratu nintzela iruditu zitzaidan bat-batean. Gorri-gorri nengoela ohartu nintzen. Kaka. Ez nukeen esan behar. Ez nukeen ezer esan behar!

—Andoni —esan zuen Intzak, baina honek jakin-minez—. Zer gehiago esaten zuen zure amamak?

—Ezer ez —erantzun nion, lotsak eta neure buruarekiko amorruak jota—. Ezer ez.

—Andoni.

Aurrez-aurre jarri zitzaidan Intza. Nire begien bila zebilen. Lasaitu egin nahi ninduen.

—Andoni. Konta ezak. Ez egin kasurik beste bi hauei.

—Bai, Andoni, barka ezak —bota zuen Garik—. Agian pasatu egin nauk, baina... —eten laburra—. Auuuuuuu!

Berriro barreak.

Baita neuk ere.

Ikerrek ordua aztertu zuen. Zortziak.

—Beno, mutilak. Eta neskak. Afaltzera joateko ordua —bota zuen—. Nik uste dut alferrik atera garela handik. Arrazoirik gabe izutu garela, alegia. Zergatik ez gara gauean berriro joaten? Eta mamurik baldin badago, hobeto. Ez gara aspertuko. Bai? —guztiok berari begira geratu ginen, baina inork ez zuen ezer esan—. A, eraman linternak. Beharko ditugu eta.

Berriro joan? Joan hadi heu! Esatekotan egon nintzen. Baina Aiora ez zen kexatu. Eta ni, hortaz, ezin.

Eutsi potroei.

—Hamarrak arte, hortaz.

18

Hein batean, ama guztiak berdinak dira. Alde batetik behin eta berriro errepikatzen dute, haur garenean:

—Ama, purea ez zait gustatzen.

—Purea *ona* dago.

Eta akabo arrazoiaren erresuma. Umea —ni— dena nahasita. Ez zait gustatzen baina ona dago. Nola heldu horri?

Berdin nengoen gau hartan. Amaren ahotsa entzuten nuen nire baitan, bost-sei urte nituela.

—Ez dago mamurik.

Eskukada-urte besterik ez dugunean ezin dugu sinetsi. Ezin dugu sinetsi posible denik mamurik ez egotea. Azken batean, amek ezin dute jakin zer dagoen norberaren ohe azpian gauean eta argirik gabe.

—Ez dago mamurik —errepikatzen digute berriro, gu lasaitzearren.

Baina, eta to koherentzia, esaten dute besterik ere:

—Ez bazarete txintxoak izaten, mamua etorri eta eraman egingo zaituzte.

Eta guk, zer pentsatu ez dakigula: zertan geratzen gara, bada mamurik edo ez?

Uste dut hori dela nire zalantzen zergatia. Nola fidatuko naiz inortaz, amak kontraesanez blaitu baninduen? Erreala edo Athletic? Txokolatea edo marrubia? Mamuak edo ezereza? Neskak… edo neskak? Ño, hor bertan ez daukat dudarik. Zerbait garbi, behintzat. Ez dago gaizki. Eta neska Aiora balitz…

Aiora.

Pixka-pixka bat gustatzen zitzaidan.

Eta dorretxeari zegokionez, zer arraio egin behar genuen? Zer garrantzi zuen, ba, San Joan su handiena egiteak? Hori zer axola zitzaidan niri? Hauxe ume jolasa, ea nork handiagoa egin. Gizakiaren patua. Beti onena izan nahian. Beti barregarri. Hala zen, ordea. Sartuegia, nonbait, geneetan edo dena delakoetan.

Baina, zer ari nintzen? Zalantzak zalantza, horixe axola zitzaidala San Joan su handiena egitea! Eta horixe nekiela zer egin nahi nuen: Aioraren alboan egon. Besterik gabe egoteko bakarrik bazen ere.

Mundura jaitsi nintzen.

—Aita —esan nion, afaltzen ari ginela—. Aita, dorretxe zaharra gogoratzen? Aurrekoan bertatik pasa nintzen. Gogoratzen al zara zer beldur nion txikitan…?

Informazioa atera behar nion.

19

Beste zerbait ere egin nahi nuen kalera irten aurretik. Besteekin elkartu aurretik. Intzarekin hitz egin behar nuen. Dardarez markatu nuen haren telefono-zenbakia.

—Bai?

—Intza etxean al dago?

—Bai. Ni naiz.

—A, aupa. Andoni naun.

—Andoni! Zer duk?

Airea hartu nuen. Lasaitu. Eta bota:

—Hirekin hitz egin behar ninan.

Irribarrea antzeman nuen hariaren beste aldean.

—Pentsatzen nian —esan zuen.

—Bai?

—Bai.

Isilik geratu zen. Nire txanda zen.

—Bakarrik al hago?

—Aiora ez zegok hemen, hori galdetu nahi bahuen.

Horixe galdetu nahi nuen, hain zuzen.

—A. Zera... Hik ezagutzen naun eta... Galdera bat egin behar ninan...

Ezin nuen asmatu hitzekin.

—Nik uste diat baietz.

—Zer?

—Galdetu nahi duana. Baietz.

—Baietz zer?

Nik ezin nuen asmatu, ez, hitzekin. Intzak, alabaina, nahikoa zuen hitz-erdiekin. Zoragarria zen.

—Biok pentsatzen ari garena. Aiorak gogoko hauela.

Bat, bi, hiru segundo. Irribarre deskribaezina nire aurpegian.

—Bai?

—Bai, Andoni.

Beste bat, bi, hiru segundo.

—Intza.

—Zer?

—Eskerrik asko.

Intzaren barre garbia.

—Ez duk ezer, motel.

—Intza.

—Zer?

—Zer egin behar dinat orain?

—Ez behartu ezer. Berez joaten utzi.

—Konforme. Intza.

—Zer?

—Eskerrik asko.

—Berriro?

—Berriro —Intzaren barrea, berriz—. Eta musu erraldoi bat.

—Egunen batean eskatu egingo diat, Andoni, gogora ezak. Baina ez orain. Orain gorde Aiorarentzat.

—Bale.

—Azalduko haiz, ezta? Gero. Dorretxera joateko.

—Bai. Oparitxo batekin noan gainera.

—Primeran. Beno, banoak, Aiora bakarrik utzi diat eta.

—Konforme. Zaindu ondo neska hori, e? —barrea, beste behin—. Oraintxe arte.

—Oraintxe arte.

20

Gaueko hamarrak.

Gari eta biok iritsi ginen lehenak. Garik kopetako linterna bat zekarren, espeleologoek-eta leize-zuloetan erabiltzen dutenaren antzekoa. Jantzita zekarren, gainera. Eta piztuta. Ez dakit zer ematen zuen, hain luze eta tramankulu hura buruan. Zora-zora eginda, ohi bezala.

—Hi, Andoni, Aiora hori gustatu egin zaik, e?

—Niri?

Jai neukan engainatu nahi banuen, horretan ez nuen zalantzarik, baina…

—Hiri, bai.

—Ez bereziki.

—Eta aho ertzean daukaan hori?

—Aho ertzean? —eskua pasa nuen ahotik, garbitzeko—. Kendu al diat?

—Ez —barre egin zuen—. Lerdeaz ari ninduan. Aiora aurrean duanean erortzen zaiana.

—Lerdoa —bota nion, minduta eta kezkatuta. Ezin nintzen hain nabaria izan! Nolanahi ere Gari laguna nuen, eta alferrik zen berarekin itxurak egitea. Eta ziurrenik bidegabea—. Bai, gustatzen zaidak.

Garaipen irribarrea egin zuen.

—Nik bai esan.

—Nobedadea, badakik —saiatu nintzen arintzen.

—Noski, noski.

—Segituan pasatuko zaidak.

—Zalantzarik gabe.

Une horretan iritsi zen Iker.

—Eta hiri? —galdetu zion Garik—. Gustatzen zaik?

Iker, nola ez, harrituta.

—Zer?

—Aiora gustatzen al zaik?

Iker begira geratu zitzaion, zer esan nahi zuen neurtzen bezala. Txantxetan edo benetan ari al zen jakin nahi zuen nola erantzun erabakitzeko.

—Hasieran bai —azaldu zuen, azkenean—. Hasieran interesgarria iruditu zaidak. Baina gero… Ez. Deseroso sentitzen nauk haren alboan. Zer esan ez dakidala egoten nauk.

Deseroso? Hara bestea. Niri alderantziz gertatzen zitzaidan. Neska lasaia izateaz gain, lasaigarria ere iruditu zitzaidan.

—Eta hiri? —galdetu nion Gariri, berak ez zuela ezer esaten ohartzean.

—Niri ez zaidak hainbesterakoa ere iruditzen. Neska atsegina. Xelebrea. Baina besterik gabe.

Besterik gabe? Ia gainera joan nintzaion, nire Jainkosaren ohorea defendatzera. Segituan konturatu nintzen, ordea, horrek guztiak neure alde egiten zuela: Iker deseroso sentitzen zen Aiorarekin, eta Gariri, berriz, ez zion ezer esaten. Errazago niretzat.

—Azalduko al dira neskak? —galdetu zuen Garik.

Esaldia amaitu orduko jakin zuen erantzuna: biak zetozen.

21

—Prest? —esan zuen Ikerrek, Aiora eta Intza azaldu bezain laster.

Denok prest. Linterna bana soinean, zirrara bihotzean eta dardara hanketan. Baina prest.

—Etxean galdezka aritu naiz —azaldu nien—. Ez didate askorik kontatu, ez didate sekula kontatzen, gaia tabu baita. Baina atera dut zerbait. *Bi* gauza atera ditut. Lehenengoa —giltza handi bat atera nuen poltsikotik.

—Hauxe giltzatzarra! —harritu zen Gari.

Zuzen zebilen. Giltza benetan handia baitzen.

—Hire familiakoa duk, Gari! —bota zion Ikerrek—. Erraldoien tribukoa!

Garik barre ironiatsua egin zuen. Je-je antzeko zerbait. Kopetako linterna jantzita zuela jarraitzen zuen. Martetarra iruditu zitzaidan une hartan.

—Ganbaran dorretxeko giltza bat gordetzen genuela gogoratu dut —jarraitu nuen azalpenak ematen—. Ez nekien non zegoen, baina azkenean aurkitu dut.

Intzak hartu eta begiratua egin zion.

—Zer da, atekoa? Lan dexente kentzen diguk, hola bada.

—Ezta ideiarik ere —aitortu nion—. Izango da. Edo ez. Auskalo.

Gau garbia zen. Ilargi beteak zeruko zati handi bat hartzen zuen; bestea izarrei uzten zien. Ilargi betea. Zerbait esan nahi zuen horrek? Ez al ziren otso-gizonak ilargi betean agertzen?

Aiorak uve bat osatu zuen bi hatzarekin, luzea eta erakuslearekin. Garaipen-sinbolo gisa hartzen den ezin ezagunago hori.

—Zer esan nahi duzu? —galdetu zion Intzak.

—Uste dut badakidala —esan nuen nik—. Lehen esan dut bi gauza atera ditudala etxetik. Lehenengoa giltza zen. Bigarrena falta zait oraindik.

Aiorak baietz adierazi zuen buruarekin, hori esan nahi zuela.

—Bigarrena —segitu nuen—, istorio nahasi bat da. Eta ez nago oso ziur garrantzirik izango ote duen.

—Kontatzen ez badiguk ezingo diagu jakin —esan zuen Ikerrek. Mindutako eskua igurzten jarraitzen zuen. Zaintzen ez bazuen disgusturen bat izango zuen—. Esantzak!

—Oso aspaldikoa omen da. Bi maitaleren inguruko zerbait ...

—Beti maitaleak! —eten zidan Garik, barrez. Kopetako linternako argiarekin itsutu ninduen segidan—. Zergatik ez dira istorioak pixka bat *gore* izaten? Uuu-uuu eta txas-txas-txas. Garrasiak eta odola eta buru moztuak. Istorio bat maitaleekin hasten bada, akabo. Dibertsiorik ez!

—Zer nahi duk egitea? —pipertu nintzen—. Halaxe duk.

—Lasai, lasai —kopetako linterna itzali zuen pixka batez.

—Gainera istorio honetan badira oihuak. Bi maitale omen zeuden dorretxean. Edo bietako bat behintzat hor bizi zen eta bestea bila etortzen zitzaion.

—Romeo eta Julieta bezala —osatu zidan Ikerrek—. Edo Pixbek kontatutako Bermeoko beste bi horiek bezala.

—Halako zerbait, bai. Agian —onartu nuen—. Baina ez dakit. Kontua da hil egin zirela, edo norbaitek hil zituela.

—Hori, hori! —piztu zen Gari—. Hildakoak!

—Dorretxea sorgindua zegoela esan zuen batek baino gehiagok. Gauza arraroak gertatzen zirela. Haize korronte bitxiak sortu, azaldu ezin ziren zaratak...

—Poltergeist bat! —oihukatu zuen Garik. Eskuak zerurantz jaso zituen, aukera eskertuz bezala—. Poltergeist bat.

—Poltergeist, Pixberen istorioa, Romeo eta Julieta... —Ikerrek destainati zioen—. Ipuinak.

—Xxx. Ixo —eskatu zigun Intzak—. Hortxe dago etxea. Hobe nabariegia ez izatea.

Etxea, aurrean.

Etxe zaharra.

Neure dardara.

Isilunea.

Eta gaua.

22

Arratsaldean aurkitutako zulo aldera egin genuen, poliki eta nahiko isilik. Izu estali batek txantxarako gogoa kendu zigun pixka baterako.

Guztioi.

Ilargi beteak nahiko ondo argitzen zuen lekua, baina hala ere linterna guztiak piztu genituen.

—Ez piztu linterna guztiak, bestela kristoren argi-festa sortuko dugu-eta —gomendatu zigun Ikerrek. Ez zegoen gaizki pentsatuta—. Ez du merezi. Batekin nahikoa izango da oraingoz. Beharrezkoa bada bakarrik piztu besteak.

Aiorarena piztea erabaki genuen. Txikia zen, baina ondo argitzen zuen. Gari kexu azaldu zen, bere kopetako linterna piztu nahi zuelako. Gainontzekoon errieta ikustean, ordea, amore eman zuen.

Iker zuhur ibili zen. Ahalik eta gutxien nabarmentzea komeni zitzaigun.

Iker bera iritsi zen lehena harri-hesiko zulora. Begira geratu zitzaigun. Burua sartu zuen zuloan. Berriro atera zuen eta beste behin begiratu zigun.

—Ikusten da. Ez dirudi inor dagoenik —eten bat—. Bai, ezta?

Bere atzetik sartuko ginela ziurtatzen ari zen, noski. Beldur apur bat irakurri nuen haren begietan. Baina barrura egin zuen.

Gari atzetik joan zitzaion, gorputz luzea nola edo hala behartuz zulo hartatik sartzeko. Lortu zuen.

Aiora joan zen gero, linternarekin argituz. Atzera begiratu zuen. Irribarre egin zigun. Arima dardarez utzi zidan. Eta barrura egin zuen.

Intza eta biok erdi-ilunpetan geratu ginen. Neskak sorbaldan jarri zidan eskua.

—Alferrik kezkatzea alferrikako lana da —esan zuen. Agian bere buruari esango zion, sartzeko konbentzitu nahian—. Ez dakigu zer dagoen barruan.

Eta aurrera egin zuen.

Bakarrik geratu nintzen hesiaren kanpoko aldean. Neure ezinegonarekin. Zerbait gertatzekotan, garbi zegoen ez zela han kanpoan gertatuko. Albistea, baldin bazegoen, harrizko hesi haren barruan zegoen. Lagunak nituen lekuan. Gure familiarena ere bazen dorretxe zahar haren besapean.

—Zer, bahator edo zer? —entzun nion Gariri, barrutik.

—Baten batek salbatu beharko zaituzte! —esanez sartu nintzen.

Hotzikara izan nuen gorputz osoan. Urduritasunaz haratago, han zerbait zegoen sentsazioak hartu ninduen. Gu ez beste zerbait. Beste norbait.

Beldurra, berriro?

23

Isil-isilik egon ginen minutu batzuez. Entzuten. Geldi-geldi.

Halako batean arnasa hartu behar nuela gogoratu nintzen.

Ai, ene. Eutsi, eutsi ondo potroei.

Etxeko hesi barruan geunden, garai batean patioa izango zen zelai txiki batean. Etxea, gertutik, askoz handiagoa zen. Askoz etxeagoa. Neure begien aurrean «Psikosia» filmeko eraikina ematen zuen, izugarri eta itzaltsu.

Han geunden gu, elkarri begira.

Bost itzal. Bost itzal infernua izan zitekeenaren atarian.

—Ea ba —xuxurlatu nuen. Ausardiak baino gehiago mugitzeko beharrak bultzatzen ninduen—: Goazen giltzarekin froga egitera.

Atea, nola ez, zaharra zen. Zaharra bezain sendoa. Sendoa bezain kopetiluna. Danteren infernuko ataria. Karteltxo bat bakarrik falta zen ateburuan, letra beltzekin «Hona sartzean galdu itxaropen oro», esanez. Ez zegoen, baina egon balitz bezala sentitu nuen.

Giltzak ez zuen sarrailan sartu nahi. Indarrak bildu nituen, pixka bat atzera eginez, eta berriro egin nion eraso. Egundoko karranka egin zuen. KARRASK-KRAK-KRAK!

Sartu egin zen. Nekez, baina sartu zen.

—Ez ezak hainbeste zarata egin! —bota zidan Garik, kezkaturik eta ingurua aztertuz.

—Jode, nahita egin banu bezala. Ggnnnnn —giltza biratu nahian ari nintzen, baina Woody Allenek Iñaki Perurenari bultza eginez lortuko zukeena ari nintzen lortzen. Hutsaren hurrengoa. Ni, ordea, tira eta tira—. Ggnnnnn.

—Utzi —eskatu zidan Ikerrek. Baita zera ere utziko nion. Eta irekitzen bazuen? Gainera eskua minduta zuela. Gehiegizkoa—. Utzi.

Baztertu egin behar izan nuen. Eta irekitzea lortzen bazuen? Nola geratuko nintzen? Erreguka hasi nintzen neure golkorako: ez dezala ireki, ez dezala ireki ...

—Ggnnnnnn —egunargia izan balitz ederki ikusiko zen Ikerren gorritasuna. Tira eta tira hura ere. Ezer ez. Etsi egin zuen, azkenean—. Ezin da. Hau ezin da ireki.

Garik ere egin zuen froga, badaezpada, baina nire zorionerako hark ere ez zuen lortu. Badakit: askoren mina, zoroaren atsegina. Eta zer? Nire bihotza zen. Nire Jainkosa. Ño.

—Eta orain? —galdetu zuen Intzak, xuxurla batean—. Ezin gara sartu.

Garik hartu zuen hitza:

—Esan nizuen leiho batean burdin barra bat falta dela. Hortik egin dezakegu proba.

—Non zen? —galdetu zion Intzak.

—Atzean. Etorri.

Abiatu egin ziren.

—Itxaron! —oihukatu nien, erdi-ozen, erdi-xuxurlaz. Giltza sarrailatik hartu behar nuen. Neure indar guztiarekin jardun nintzen, atera nahian. Giltza malapartatua—. Itxaron!

Ez ziren zain egon, madarikatu haiek.

Bakar-bakarrik geratu nintzen.

24

Aiora etorri zen nire bila. Aiora!

Linterna zekarren. Berarekin joateko keinua egin zidan. Joango ez nintzen ba! Munduaren azkeneraino, ene Jainkosa mutua! Baina etxe hartara…

—Hori duk leihoa —jakinarazi zidan Ikerrek, bostok elkartu ginenean—. Hortik izan beharko dik, izatekotan —hautsitako leihoa seinalatu zuen—. Hortik egin beharko diagu erasoa.

Aioraren linterna txikiak leihoa argitu zigun. Bai, Garik ondo ikusi zuen arratsaldean. Lehen pisuko leiho batek barra bat apurtuta zeukan.

—Kabituko al gara? —galdetu nuen nik.

—Baietz esango nuke —kalkulatu zuen Garik—. Baina proba egin gabe…

—Tira, ba —onartu nuen—. Boluntarioren bat igotzeko?

Denak niri begira geratu ziren bat-batean. Zer zuten?

—Zer?

—Etxea hirea duk —esan zuen Ikerrek.

—Nirea? Nahi bai!

—Eta gainera hi haiz aproposena. Nik eskua pixka bat minduta zeukaat, Gari luzeegia duk lehenbizi igotzeko, Intza ez duk munduko eskalatzaileerik trebeena —irribarre egin zion Intzari; hark mingaina atera zion— eta Aiora etorri berria duk. Ez zioagu, ba, eskatuko lehenengoa izatea, ezta?

Aiorak kexatzeko keinua egin zuen, zuzena ez zitzaiolako iruditzen-edo. Bera ez zen gutxiago azkena etorri izanagatik.

Baina ezin nion utzi. Don Kixote eroa izango banintz bezala, nire Dultzinea babestu behar nuen.

—Ez, ez. Igoko naiz ni. Lasai —esan nuen. To tipo gogorra. Conan gutxienez. Edo Harry Zikina. Baina bata edo bestea izateko batere gogorik gabe.

Ikerren hitzak gogoratu nituen: «Hortik egin beharko dugu erasoa». Erasoa. Gure erasoa. *Nik* egin beharko nuena.

Aiorak horma argitu zidan berriro linterna txikiarekin. Lau metro luze izango zen lurretik. Ondo pasata. Dedio. Besteen begirada aztertu nuen. Aitzakia bila, agian.

Beharbada norbaitek atzera egin nahiko balu...

Ez.

Serio jarri nintzen neure buruarekin. Egin beharrekoa zen. Kitto. Nire linterna poltsikoan sartu nuen.

—Nola egingo dugu? —galdetu zuen Intzak.

Keinu egin nion Gariri eskuak egoki jar zitzan. Berehala ulertu zuen.

Eup.

Banindoan.

Norabait.

25

—Pixka bat gorago —erregutu nion Gariri—. Hooortxe.

Justu-justu iristen nintzen leihoko heldulekura. Leihoko markoan pilatutako hauts mordoak apur bat labainkor bihurtzen zuen eta ez zitzaidan guztiz erraza egin ondo eustea.

Indar eginez burdinazko barra bati heldu nion. Horrela hobeto.

Etxe barrura sartu behar nuela konturatu nintzen orduan. Nire txikitako amesgaiztoak betetzen zituen etxera. Nire bihotzak ez zuen oso ondo hartu, ziztu bizian hasi baitzen, *prestissimo* basati batean. Tzun-tzun-tzun-tzun-tzun. Hor ez zegoen erritmo garbirik. Abiada besterik ez.

—Ondo al hago? —galdetu zidan Ikerrek.

—Bai. Oraintxe nauk.

Poltsikoan neukan linterna atera nuen. Piztu eta, oraindik leihoan erdi-zintzilik nengoela, etxe barruko aldea argitu nuen. Itzal ikaragarriak batera eta bestera mugitzen hasi ziren. Banekien nik egindako argiak sortuak zirela, baina horrek ez zituen abegitsuago egiten.

Arnasa hartu, bat-bi, bat-bi.

Barrura.

Sartu egin nintzen.

Gorputzeko ile guztiak tente-tente. Listua irentsi. Linterna batera eta bestera mugitu, heriotza-ukaldia nondik etorriko.

Gela txikia aurkitu nuen han. Txikia eta desordenatua. Edo beharbada bakartia. Logela izango zen, ohe txiki bat baitzeukan. Edo ikasgela, beharbada, idazmahaia zirudien altzaria ere bai baitzegoen, eta haren gainean egurrezko apal bi. San Joan surako erregai bila nenbilen, gogoratu nuen. Berez bai. Baina zirrarak besterik ere esaten zidan, eta pirata edo espioia edo lapurra izan nintekeelako emozioak beldur guztiak menperatu zituen une batez. Une batez bakarrik.

Gero, segituan, izerdia.

Izerdi hotza.

—Ei, Andoni! —oihukatu zidan Garik (oihu xuxurlariak ziren, noski, horrela esan badaiteke; ez genuen inork ikus gintzan nahi), behetik—. Lagundu igotzen.

—Bai. Oraintxe.

Gari segituan igo zen. Oso erraza zen goitik norbaitek lagunduz gero. Aiora etorri zen hurrengoa. Eta gero Iker.

—Intza? —xuxurlatu nuen. Noski, nork bultzatu behar zion Intzari altxa zedin?

—Esan dik norbait geratu egin beharko zela. Berak egitea erabaki dik —esan zuen Ikerrek.

—Ezin dugu hor utzi! —esan nuen.

—Nola igoko dugu, ordea? —galdetu zuen Garik.

Ideia bat bururatu zitzaidan.

26

—Itxaron —gerrikoa askatu eta leiho aldera egin nuen—. Heldu gerrikoa. Kateatu esku batean.

—Zoratu egin al zara? —harritu zen Intza. Baina uste dut bakarrik egoteak beldurra areagotu ziola, eta nahiago zuela, nola edo hala, gurekin etorri. Errepikatu aurretik heldu zion gerrikoari.

—Gari, lagundu.

Di-da batean igo genuen Intza. Irribarre handi batez hartu nuen. Bai, pozarren nengoen. Itsumustuan, ez nintzen han kabitzen. Nire bat-bateko harrotasunak leku handiagoa behar zuen. Eta guztia Aioraren aurrean ondo geratu izanagatik!

—Tira —esnatu ninduen Ikerrek. Hatz erakuslea jarri zuen ezpainetan, isilik egon behar genuela gogorarazteko. Bere linterna piztu zuen—. Barruan gaudela uste dut hobe dela beste linternak ere piztea. Kontuz ibiliz gero ez du kanpoko inork ikusiko argia.

Gainera lekua aztertu behar dugu. Eta ez dugu ezagutzen. Ilunpean erori egin gaitezke.

Denok piztu genituen, baina inork ez Garik bezain gustura. Burua batera eta bestera mugitzen zuen, kopetako linternak dena argi zezan.

Gelatik atera ginen, poliki eta ahal genuen zarata txikiena ateraz. Korridore luze bat zegoen; eskailerak gora eta behera; ate gehiago; eta gelditasuna, gelditasun ikaragarria. Eraikin handia ematen zuen. Kanpotik ematen zuen baino askoz bihurriagoa. Nahasgarriagoa. Itzal sarkorrak nonahi. Bideak hara eta hona. Dedalok osatutako labirintoa balitz bezala.

Minotauro eta guzti?

Gure arnasa baizik ez genuen entzun minutu batzuez. Pixkanaka lasaituz joan ginen. Etxe zaharra besterik ez zen!

Orduan entzun genuen lehendabiziko aldiz.

—Zer da hori? —galdetu zuen Intzak.

Zarata bat entzuten zen. Elkarri begiratu genion.

ZURRUN, ZURRUN.

Ez zen gurea.

—Arnasotsa da —esan zuen Ikerrek xuxurla batean—. Arnasotsa.

—Begira! —oihukatu zuen Garik, begiak zabal-zabal beldurrez. Txoko bateko apalean, liburu batzuk ia ezkutatuta eta guri barrezka bezala, buru-hezur bat zegoen.

ZURRUN, ZURRUN.

27

Ezin genuen sinetsi. Ezin genuen sinetsi eta ezin zen egia izan.

Baina beldurrak blai geunden.

—Itzali linternak —esan zuen Ikerrek—. Itzali!

Txoko batean jarri ginen, makurturik eta ia elkarren gainean. Alboko gelako leihoak zirrikituak zituen, eta kanpoko izpiren bati aurrera egiten uzten zioten. Baina ez dakit zer zen okerrago, izpi txikiak itzalak sortzen baitzituen, eta itzalek mehatxagarriagoa egiten zuten giroa. Besteen siluetak sumatzen nituen. Guztion urduritasuna sumatzen nuen neurri berean.

ZURRUN, ZURRUN.

Leihotik sartzen zen izpiari begira gelditu nintzen une batez. Izpi zurixka zen. Isila eta barea. Ilargiarena izango zen, agian. Ez al zegoen ilargi betea? Litekeena zen. Baina ez nekien. Jadanik ez nekien ezer. Ilargi izpia, agian. Izpi zurbil eta zuzena.

Burua xelebrea da. Zer gertatzen zen —eta are gehiago, zer gerta zitekeen— kontuan hartuta, zer demontre egiten nuen nik izpi hari begira? Ez dakit. Agian nire bizitzako azken izpia izan zitekeela pentsatu nuelako izango zen.

Nire bizitzako azken gaua.

Berriro entzun nuen arnasots indartsu hura. ZURRUN, ZURRUN. Ez zen gutako inorena, hori garbi zegoen. Eta han ez luke egon behar gu beste inor.

Azken begiratua egin nion argi izpiari.

Listua irentsi nuen.

—Mamua? —esan zuen norbaitek.

Ez zion inork erantzun.

28

Ez dakit gutako nor hasi zen, baina konturatzerako korrika abiatu ginen guztiok. Orduan bai ez ginela zaratagatik kezkatu: deabruak hartutako zaldi-taldea ematen genuen, ero antzean ihesi. Arrapaladan. TRATA-TRAPA-TAN! Horrelako zerbait. Bider mila.

Iker iritsi zen lehena leihora. Birritan pentsatu gabe jaitsi zen, eskuko mina erabat ahaztuta. Ondoren Intza joan zen, bat-batean munduko eskalatzailerik onena bihurtuta. Garik ez zuen batere tamaina-arazorik izan handik hanka egiteko. Aiora eta ni neu geratzen ginen oraindik gelan.

Ni joateko adierazi ez zidan, ba, neskak! Ez dut ukatuko, nahi nuen. Handik lehenbailehen alde egin. Desagertu. Baina zenbait gauza ezin dira egin, hara. Neure duintasuna zapaldu, adibidez. Edo Jainkosaren aurrean koldar azaldu. Ez, hori ez.

—Ez —esan nion, arnasestuari ahal nuen moduan eutsiz—. Segi zuk.

Ez nintzen kasik atzera begiratzen ausartzen. Ikusten ez duen begiak... Baina edonola ere esku batek lepotik noiz helduko zain nengoen, dardara batean.

ZURRUN, ZURRUN.

Azkenean begiratu nuen, eta linternarekin dena argitzen ahalegindu nintzen, argi arrunta beharrean laser suntsigarria igorriko balu bezala. Obi wan Kenobiren laser-ezpata balitz bezala. ZZZZUMMM-ZZZZZUMMM.

—Segi —errepikatu nion Aiorari. Zain bezala zegoela ohartu nintzen. Edo ausartuko ez balitz bezala. ZZZUMMM-ZZZUMMM pare bat gehiago egin nituen atzeko aldera, itzal guztiak mozteko, badaezpada, eta gero buruari ekin nion, urduritasunak uzten zidan neurona erdiarekin—. Itxaron.

Gerrikoa kendu nuen, bigarren aldiz. Baina oraingoan, lehen ez bezala, eta beharbada urduritasun handiagoak lagunduta, prakak erori zitzaizkidan.

—Joder! —atera zitzaidan. Une batez mundu osoko munstro eta mamu guztiak ahaztu, eta Jainkosaren aurrean prakarik gabe nengoelako lotsak harrapatu ninduen.

Aiorak irribarre egin zuen. Gero goitik behera aztertuko banindu bezala egin zuen, eta azterketa nota onarekin gainditzen nuela adieraziz bezala. Gero berriro egin zuen barre.

Baina barre gardena. Lotsak alde egin zidan eta samurtasun azalezin batek hartu ninduen.

—Ei, zer zabiltzate? —entzun genuen kanpotik—. Ba al zarete?

Prakak igo nituen eta gerrikoa eutsi zezan eskatu nion. Begira-begira geratu zitzaidan segundo batez. Musu laburra eman zidan masailean.

Ez dakit nola ez nuen konortea bertan galdu.

Demontre.

29

Ez naiz bereziki traketsa, baina leihotik jauzi egitean ez nuen guztiz ondo egin, eta erortzean hanka bihurritu nuen.

—Kaguen zotz!

—Zer duk? —galdetu zidan Garik, bazihoala—. Min hartu al duk?

Herrenka hurbildu nintzaion.

—Ez duk ezer. Segi!

Harrizko hesitik atera ginen eta gure auzo aldera jarraitu genuen, korrika. Korrika-edo, zeren hankak ez zidan oso ondo egiten uzten. Gogoratzen Terminator I-ean, bukaera aldean, errobota arrastaka joaten denean? Ba holaxe nindoan ni, ño. A zer nolako piura!

Eta, asmatzen zein neukan alboan? Ezin sinetsita nengoen. Jainkosa mutua nirekin zetorren! Niri laguntzen. Une hartan buelta hartuko nukeen, inolako arazorik gabe, eta unibertsoko Sauron, Darth Vader eta kristo guztiari aurre egin. Aragorn, Luke Skywalker eta Superman nintzen bat-batean.

Berriro estropezu egin nuen arte. Danba!

Lurrera.

Aiorak jaikiarazi ninduen.

Hankako minak fantasia fantastikoegiak ahitu zituen. Eta berriro bihurtu nintzen Andoni.

30

Auzora iritsi eta lurrean eseri ginen, gure etxe alboko berdegune txiki batean. Aiora alboan eseri zitzaidan eta Intzak irribarre egin zidan, animatzeko adieraziz bezala. Ni nigan bizi gabe nengoen, hain altu bizi nintzen. Gari baino altuago. Flotatzen nengoen. Hankako mina gorabehera.

Gaueko hamaikak ziren. Ordu bete baino ez joan ginenetik. Eternitatea ematen zuen jada.

—Beno, eta orain? —galdetu zuen Intzak. Dorretxeko kontuaz ari zen, noski—. Orain zer egin behar dugu?

—Mamuak ez dira existitzen —bota zuen Ikerrek.

—Gaizki gogoratzen ez badiat, heu izan haiz lehena handik irteten —aurpegiratu zion Garik irribarre maltzur batez—. Mamuak ez dira existitzen baina guztiz kikilduta amaitu dugu. Guztiok. Zer edo zer bazegoen!

—Baina arnasketa moduko hura ez zen... normala. Ezin zen pertsona batena izan! —gogoratu zuen Intzak—. Horrek izutu nau gehien.

—Berriro joan behar dugu —esan zuen Ikerrek. Urguilua urratua zuen eta horietan zen arriskutsuen. Nola edo hala konpondu nahiko zuen eta.

Ni begira egon nintzen ordura arte, zer nahi nuen oraindik erabaki gabe.

—Zer, orain? —galdetu nuen.

—Hiru egun besterik ez dugu San Joan surako —gogorarazi zigun Ikerrek.

Uste dut ordurako San Joan suak lehentasuna galdua zuela. Han zerbait askoz zirraragarriagoa egon zitekeen. Helduleku bat behar genuen, ordea; aitzakiaren, justifikazioren bat beldurrari aurre egiteko.

—Gainera —jarraitu zuen Ikerrek—, seguruenez ez zen ezer izango. Seguruenez arrazoirik gabe izutu gara.

Intzak karkara egin zuen:

—Seguruenez?

Segundo mutuak. Zer egin behar genuen?

Tirakada bat sumatu nuen elastikoan. Aiora zen. Zer nahi zuen? Zerbait seinalatzen ari zitzaidan.

—Zer da? —ez nuen ondo ikusten. Norbait zen, kalearen beste aldean eta oraindik nor zen antzemateko nahiko urrun. Nekez mugitzen zen. Edadetua zirudien...—. Pixbe!

31

Nor Pixbe baino hobea mamuez hitz egiteko, mamuekin nola jokatu jakiteko? Eztabaidatu beharrik ez genuen izan gure artean erabakitzeko. Pixberengana jo genuen segituan. Zirrara berriak hankako mina arindu zidan. Are gehiago, ordea, Aioraren presentziak. Osakidetzan patentatu behar nuen neska hura, hara. Jaun-andreok, panazea unibertsala: neska honekin minak alde egiten du. Baina argi, begiratu bakarrik, e! Ezin da ukitu! *Copyrighta* nik daukat eta!

—Pixbe, Pixbe!

Harrituta begiratu zigun. Beira-begiak zituen. Berriro ere edanda.

—Arazo bat daukagu, Pixbe —hasi zen Intza, harrapatu genuenean.

Pixbek isilik jarraitzen zuen, ziurrenik benetakoak ote ginen erabakitzen, edo bere mozkorraldiak osatutako eldarnio nekosoa.

—Etxe batean sartu behar dugu —jarraitu zuen Intzak—. Baina zarata arraroak entzuten dira. Mamua... Mamua izan ote daitekeen jakin nahi genuen. Eta zer egin behar dugun.

Pixbek, azkenean, benetakoak ginela erabaki zuen: absurdoegia zen egoera hura.

Bi hitzetan azaldu genion gure arazoa.

—Mamua —murmurikatu zuen Pixbek—. Arnasotsa —etena—. Eta handik al zatozte orain?

Bai, handik gentozen. Hala adierazi genion.

—Eta nik laguntzea nahi duzue —jarraitu zuen.

—Bai.

—Zergatik?

—Beste inork ez ligukeelako sinetsiko —aitortu zion Intzak. Esan ziezaiokeen ere aurkitzen genuen lehenengo pertsona zela. Baina bestea diplomatikoagoa zen, eta ez guztiz gezurra. Nork sinetsiko zigun, bada?

—Eta nola? —mozkor-zotina—: Kik! Nola nahi duzue laguntzea?

Ez genekien. Nola lagundu behar zigun?

Pixbe aztertu nuen. Sentsazio bitxia izan nuen. Segundo batzuen buruan, zahartu egin zela iruditu zitzaidan. Okertuago zegoen. Ahulago. Mozkortuago. Nolatan genbiltzan han, agure gizagaixo bati Indiana Jones-ena egiteko eskatzen? Burutik jota al geunden?

Urtetsuagoa iruditu zitzaidan, bai. Baina, supituki, begiak piztu egin zitzaizkion. Zuzenago jarri zen. Beharbada beste garai bateko Pixbek berriro nabigatzeko grina piztuko zion Pixbe zaharrari. Guk ez genion itsasorik agintzen. Baina bai ezezaguna. Misterioa. Bizitza.

Font Vella-ko iragarkiko jendea bezala. Urteek ez dute pisurik; kiloek baizik. Eta Pixbek zenbait kilo galdu zituen segundo batzuetan. Ohikeriaren zama guztiak alde egin zion.

—Etxea ikusi beharko dugu, lehenbizi —animatu zen Pixbe—. Zuekin joango naiz. Goazen.

—Bai?

—Bai. Kik!

Han abiatu ginen. Pixbe, ohi bezala, ezegonkor; ni, herrenka; Aiora, noski, mutu; Iker, eskua lotua... Monster familia ematen genuen, ño. Addams familia peto-petoa, bai.

Zein munstrok ez gintuen kide hartuko?

32

—Nora zoazte?

Joder. Kaka zaharra. Intzaren ama.

—Ama, zer egiten duzu hemen? —galdetu zion Intzak, haserre puntu batez.

—Indigestioak jota nengoen —azaldu zigun emakumeak—. Eta pasiera atera naiz. Korrika zentozela ikusi dut lehen, eta gero —Pixberi begiratu zion. Garbi zegoen ez zuela batere ondo hartzen.

—Joan egin behar dugu, ama.

Pixbek begiak piztuta aztertzen zuen egoera. Seguruenez bere interpretazio propio eta xelebrea eginez.

—Baina nora zoazte —jarraitu zuen Intzaren amak— ordu honetan? Noiz itzuli behar duzu etxera?

—Ez dakit ama. Zapatua da. Hamaikak pasatxo. Ez da hain berandu. Eta ez dago giro txarra.

—Indigestioa izango bazenu ez zenuke hori esango.

—Oso gauza serioa da, andrea —ausartu zen Pixbe, azkenean. Besteok elkarri begira hasi ginen, urduri. Ui, ui, ui... Mozkor-zotina—: Kik!

—Horixe dela gauza serioa —gaineratu zion emakumeak—. Indigestioa...

—Ez, ez —eten zion Pixbek—. Mamua.

—Mamua? Zein mamu?

—Zure alabak ikusi...

—Ama —egin zuen jauzi Intzak—, Pixbek esan nahi du indigestioa mamu bat bezalakoa dela. Jendeak ez du ikusten, baina hor egon daiteke, ezkutuan. Min egiten.

Pixbe zur eta lur geratu zen. Indigestioa bezala? Mamua?

—Hori, hori —onartu zuen Intzaren amak. Gusturago gelditu zen—. Mamua bezalakoa. Zuk jakingo duzu, orduan nola egin aurre...

—Mamuari? —eten zion Pixbek, ulertu nahian.

—Beno, esateko modu bat da. Zer egin behar dut? Ura edan? Bikarbonatoa hartu?

—Bikarbonatoa? Entzuten dudan lehendabiziko aldia da —pentsakor gelditu zen. Gero mozkor-zotina etorri zitzaion—: Kik!

—A, bai? —orain Intzaren ama harritu zen—. Eta zuk zer egiten duzu?

—Ikusten bada, begietara begiratu. Eta gaiztoa den edo ez neurtu.

—Indigestioari begietara begiratu... —Intzaren amari jakin-mina bizkortu zitzaion. Hori ez zuen ezagutzen. Oso alegorikoa ematen zuen. Osabide berri bat!—. Ispilu batekin?

—Ispilu batekin? —Pixbe pentsatzen hasia zen emakume hura burutik eginda zegoela. Mamuei bikarbonatoarekin aurre egin? Eta ispilu batekin?

—Ama, presaka gabiltza. Pixbe etxera eraman behar dugu. Badu garaia eta.

—Mamuarengana goaz —esan zuen Pixbek.

—Bai, indigestioak denok harrapatzen gaitu, goiz edo berandu —berretsi zuen Intzaren amak. Eta berekiko—: Ispilu batekin…

—Bai, ama. Bagoaz. Lehenbailehen eraman behar dugu.

—Tira, segi, segi.

33

—Hor da etxea —esan zuen Garik.

Harrizko hesia zeharkatu genuen. Arazorik gabe. Gero etxe aurrean geratu ginen. Zain. Pixbek zer proposatuko.

—Zer iruditzen zaizu? —galdetu zion Intzak.

—Sartu egin beharko dugu, ikusteko —esan zuen marinel zaharrak. Ate aldera egin zuen.

—Ez —jakinarazi nion nik—. Hortik ezin da sartu. Atea kateatuta dago, uste dut. Ezin da ireki.

—Nondik, orduan?

Apurtutako leiho aldera eraman genuen. Askoz lasaiago geunden guztiok, eta ezin nuen ulertu. Zerbait baldin bazegoen, zerbait gertatzen bazen, nola defendatuko gintuen, ba, agure mozkorti hark? Baina erakusten zuen segurtasuna —edo ausarkeria— kutsakorra zen.

—Hortik? —bota zuen Pixbek, leihoa ikustean. Mozkor-zotina—: Kik! Eta nola nahi duzue ni sartzea? Hortik ezin naiz sartu!

Ni igo nintzen lehenengo, aurrekoan bezala. Hankak min egiten zidan, baina ez nahikoa. Gero, guztion artean, eta, hirugarren aldiz, nire gerrikoaren laguntzaz, altxatu egin genuen.

—Ai-ama, ai-ama! —oihukatzen zuen Pixbek, airean erdi-zintzilik—. Ai-ama!

Izan ere, marinelek ez dakite hegan egiten.

Ezer puskatu gabe iritsi zen. Ez zegoen batere gaizki. Nire linterna txikiaren argipean Pixberen aurpegia ikusi nuen, zurbil-zurbil. Uste dut behingoan pasatu zitzaiola mozkorra. Kik gehiagorik ez zuen egin behintzat.

—Uf —bota zuen azkenean, bizirik zegoela ohartuta. Bizirik-edo—. Uf.

Besteak igo bitartean arnasa berreskuratzen joan zen. Eta ondo geratu zen: Iker igo zen azken, Pixbek berak lagunduta.

Denak barruan, azkenik. Pixbe gela aztertzen hasi zen.

—Gauza bat garbi daukat, behintzat —esan zuen.

—Mamua non dagoen? —galdetu zion Intzak.

Pixbek irribarre urduria egin zuen.

—Ez. Beste irtenbide bat aurkitu behar dudala. Hemendik ez naiz jaitsiko-eta. Ezta zoratuta ere!

34

—Goazen —esan zuen Ikerrek, gogor aurpegiarekin. Aurrekoan lehenengo alde egin izana konpondu beharra zuen.

Korridorera atera ginen, batera eta bestera begira. Ezin ginen banan-banan joan, lerroa osatuz, hain zuzen ere horrexek suposatzen zuelako norbaitek aurrenekoa izan behar zuela, eta beste norbaitek azkenekoa. Eta inork ez zuen nahi. Ondorioz, Pixberen inguruan mugitzen ginen, euliak eztiaren inguruan bezala. Edo, irudi zientifikoagoa nahiago baduzue, elektroi klasikoak nukleoaren inguruan bezala.

—Zer ikusi duzue, zehazki? —galdetu zigun Pixbek.

—Ikusi? Ezer ez. Entzun egin dugu.

—A, egia da. Arnasotsa.

Aurrera egin genuen, txoko guztiak linternekin argituz eta miatuz.

Hautsaren eta armiarmen erresuma zen hura. Baina ugerraren —eta gure beldurren!— azpian iraganaren oihartzun sarkorra entzun genezakeen. Egunez ikaragarria izango zen hura ikustea. Are gehiago, imajina daitekeenez, gauez.

Ugerraren azpian bizitza izandakoaren aztarna zegoen. Intzak kaxoi zahar bat ireki zuen. Beste garairen bateko txanpon gutxi batzuk aurkitu zituen. Hormetan, koadro mutuak. Aiora bezala. Baina koadroak askoz goibelagoak ziren.

—Begiratu liburu hau —esan zuen Pixbek, liburu zahar bat erdi-eroritako apal batetik hartuz—. «VALLIN. Aritmética y Álgebra». Ehun urte baditu, gutxienez. Harrigarria.

Aztertu egin nuen. «Nueva edición estereotípica. 1880», irakurri nuen. 1880! Ia Kristoren garaikoa! Edo gutxi gorabehera.

Jode. Zaharkitua zegoen, baina etxean neuzkan zenbait liburu berri baino askoz hobeto!

Bat-batean: DONNNNG!!!!

—Outx! —oihukatu zuen norbaitek.

Liburua erori egin zitzaidan, sustoarekin.

Linternen argia hamaika zatitan egin balitz bezala sentitu nuen, dena izpi txikietan banatuta. Diskoteketako argi-hautsi modukoaren antzera.

Zer arraio gertatzen zen?

35

Denak geldi-geldi. Denak txoritxoak bezala izututa. Pixbe izan ezik. Marinelak barre egin zuen.

—Jode! —entzun genion Gariri.

—Eskerrak zuen laguna burugogorra den! —bota zuen Pixbek, alai.

Berehala konturatu ginen zer gertatzen zen. Garik kaskarreko galanta hartu zuen sabaitik zintzilikatutako metalezko lanpara baten kontra. Garik min hartuko zuen, baina ezer ez kopetako linterna txiki-txiki eginda zegoela ohartzean hartu zuenaren aldean. Horrexegatik "hautsi" zen argia: Gariren linternako hamaika pusketek leku guztietara igorri zutelako.

Mamurik baldin bazegoen, majo esnatuta egon behar zuen ordurako. A zer nolako zarata!

—Lanpara madarikatu hori... —esan zuen Garik, burua igurtziz.

—Izan ere —esan zion Intzak, barrez—, beti laino artean ibiltzeak ezin du gauza onik ekarri. Jaitsi hadi noizean behin gure mailara!

Garik kopetako linterna eskuetan hartu eta sehaska kulunkatu zuen, haur txikia balitz bezala. Baina haur hark ez zuen arnasarik hartzen. Ondo hilda zegoen.

Etxea aztertzen jarraitu genuen.

Gariren atzean horma-erloju bat zegoen, deigarria bezain zatarra, eta, haren alboan, ateak zabalik zituen armairua. Zenbait soineko zituen barruan. Kristoren garaikoak, haiek ere.

Aioraren garrasia entzun zen. Izuak jotako garrasia. Zerbait zeukan eskuetan. Eta niri begira zegoen. Intza alboan jarri zitzaion, eskuetan zer zeraman ikusteko. Ahoa estali zuen esku batez, oihua estaliz bezala. Intza ere niri begira geratu zen, begiak zabal-zabalik. Niri begira eta jarraian Aiorak eskuetan zeukanari.

—Zer…? —hasi nintzen, neu ere beldurtzen hasita—. Zer gertatzen da?

—Zu… —hasi zen Intza—. Zu zara.

—Zer naiz ni?

Orduan erakutsi zidan zer zeukan. Argiz jo nuen. Argazki zahar bat zen, baina argiak isla egiten zuen eta ezin izan nuen ikusi lehenengoan. Garik bai. Hark ikusi zuen.

—Aibadio, hi.

Azkenean ikusi nuen. Argazkian gazte bat azaltzen zen. Hogei urte inguru izango zituen. Nik baino bospasei gehiago. Auto zahar baten alboan zegoen, irribarretsu. Ez zituen horrek harritu besteak. Mutilak nik baino urte batzuk gehiago izango zituen.

Baina mutil hura ni nintzen.

—Zer da hau? —galdetu nuen. Zer egiten zuen argazki hark han?

Pixbek argazkia hartu zuen. Hura aztertu ondoren niri begira geratu zen. Kopeta zimurtu zuen:

—Zein bitxia, gazte —esan zuen Pixbek.

Orduantxe aurreko zarata hura entzun genuen berriro.

ZURRUN, ZURRUN.

Arnasotsa modukoa.

Demontre.

36

—Isilduko al zarete! —esan zuen Pixbek halako batean. Hasieran balizko mamuekin ariko zela uste izan nuen. Denbora pixka bat behar izan nuen gurekin ari zela konturatzeko. Zarata guk sortua zela pentsatuko zuen, antza zenez.

—Ez gara gu, Pixbe —xuxurlatu nion, barrabilak eztarrian krokatuta. Pixbe ez beste guztiok elkarri itsatsita geratu ginen.

Pixbe adi-adi entzuten geratu zen. Bat-batean linterna kendu zidan eskutik.

—Ekarri! Hemen mamuren bat dagoela iruditzen zait. Baina zarata hau ez da berak egina!

Pixbek eskailera aldera egin zuen, eta igotzen hasi zen, poliki baina irmo.

ZURRUN, ZURRUN.

—Ezin dugu bakarrik utzi —esan nuen, errudun sentituz. Baina ez nintzen mugitzen ausartzen. Ez nintzen gauza itzal aldera egiteko. Gainera linternarik ez neukan. Pixbek kendu zidan. Aioraren eskua sumatu nuen nireetan. Nire Jainkosa mutua jaiki egin zen. Eta berarekin joateko keinua egin zidan.

—Ados —interpretatu nion—. Zuek geratu hemen, Aiora eta biok Pixberengana joango gara. Konforme?

Ez zuten ezer esan. Eta ezetz esaten ez duenak, baietz esaten du.

—Goazen.

Eskutik helduta joan ginen. Hola, ia edonora Aiora. Ia.

—Pixbe! —ez genuen ikusten—. Pixbe!

Eskailerek beste korridore batera eramaten zuten. Aulkiak zeuden albo banatan, koadroak, itzalak. Eta altzariak, isiltasuna eta hautsa.

—Pixbe!

ZURRUN, ZURRUN.

Aiorak tira egin zidan besotik, eta gero nire besarkada bilatu zuen izututa. Gela batera seinalatzen zidan. Begiratu egin nuen, eta han ikusi nuenak lurrean itsatsita utzi ninduen. Arnasa, odola, dena izoztu zitzaidan bat-batean.

Pixbe zen.

Edo bere gorputza. Ez baitzeukan bururik!

37

Ezin nintzen mugitu. Giharrek ez zidaten erantzuten. Aiora besoetan nuela konturatu nintzen. Indartsuago besarkatu nuen. Gure azkena zela ziur nengoen. Besteei abisua eman behar nien, ihes egin zezaten oihukatu. Baina ezinezkoa zitzaidan. Mingainak ere ez zidan erantzuten.

ZURRUN, ZURRUN.

Eta, halako batean, burua zoratzen hasi zitzaidan. Hil egin behar nuen. Seguru nengoen. Aiora apenas ezagutu gabe hilko nintzela hasi nintzen bueltaka, eta bidezkoa ez zela erabaki nuen. Gainera, hain gazte hiltzea... Ez. Ez zen zuzena.

Aiorari aurpegia jaso nion. Begira geratu nintzaion. Eta musu eman nion ezpainetan. Oso labur. Eta musua jaso nuen.

Odola lanean hasi zitzaidan berriro. Etorri, mamu, jada hil naiteke.

—E, e! Gazte! —entzun nuen itsumustuan—. Gazte! Etorri!

Non nengoen? Zerua ote zen? Jainkoa deika ari zitzaidan? Ospitalean, agian, eromenak jota?

—Ei, zer duzue? Entzuten al didazue?

Begiratu egin nuen. Pixbe zen. Burua eta guzti. Oso-osorik. Azken ukaldiaren zain geratu nintzen. Orain irentsi egingo ninduen. Edo larrua kendu. Edo bahitu eta berarekin eraman infernura. Edo...

ZURRUN, ZURRUN.

—Ondo al zaudete? —galdetu zigun. Gu, estatuak bezala. Kieto. Isil. Zurbil.

Albora etorri zitzaigun, lepotik heldu zigun eta berarekin eraman.

—Etorri. Badakit nondik datorren zarata —sabaizulo bat seinalatu zigun.

Aulki batera igo zen, kontu handiz, eta sabaiko zuloan sartu zuen burua.

Amigo. Orduantxe konturatu ginen Aiora eta biok. Pixbek ez zuen burua galdu. Hantxe sartua zeukan ikusi genuenean, eta kanpotik lepamoztua zirudien.

Berriro besarkatu genuen elkar. Bizirik jarraituko genuen!

—Ea ba, gazteak. Izango duzue horretarako astia —bota zigun Pixbek. Ahotsa samurtuta, dena esateko—. Igo hona.

Ni joan nintzen lehenengo. Burua atera nuen sabaizulotik.

—Begiratu eskuinetara —esan zidan Pixbek—. Horma bat ikusiko duzu. Eta, erdialdera-edo, bi hodi. Bat apurtuta dago. Itxaron pixka batez…

ZURRUN, ZURRUN.

—Orain —jarraitu zuen Pixbek—. Entzun duzu?

—Egia da —onartu nuen—. Hortik zetorren!

Behera jaitsi nintzen eta Aiorari igotzen lagundu nion, ikus zezan.

—Orduan hori zen mamua —azaldu nuen, apur bat lasaituta—. Haize-korronteak sortzen zuen apurtutako hodi horretan. Ez dago mamurik!

Pixbek irribarre egin zidan.

—Hori zen *zarata*. Mamua beste bat da.

—Zer?

38

—Leku askotan ibili naiz —azaldu zuen Pixbek—. Kontatu dizuet behin baino gehiagotan. Gauza asko bizia naiz. Eta ez dut mamu bat ikusi beharrik jakiteko badagoela. Eta etxe honek badu zerbait. Mamua, deabrua edo iratxoa, ez dakit. Baina badu zerbait. Norbait.

Hasi zenean pentsatzen hasia nintzen burua kenduko zuela, eta barrez lehertzen esango zidala: «Ni naiz mamua!». Baina ez. Pixbe Pixbe zen. Eskerrak. Gehiegi ari baitzitzaidan gustatzen.

Besteengana abiatu ginen. Aiora eta biok eskutik helduta, noski. Pixbek linterna bueltatu zidan.

Besteak utzi genituen leku berean zeuden, zain, zer gertatuko. Berriro beldurrak.

—Ikusi...ikusi al duzue mamua? —galdetu ziguten.

Zer zen agertu genien: apurtutako hodi bat. Barrez hasi zirenean, lasaiago, bigarren zatia kontatu genien: Pixberen arabera han barruan, gurekin batera, mamu bat zegoen.

—Eta zein da, ba, mamua? —galdetu zuen Intzak.

Pixbek lehen aurkitu genuen argazki zaharra hartu zuen. *Nire* argazkia. Ahaztua neukan jada. Nik ere gertutik aztertu nuen. Lehen baino gehiago. Argazkiaren izkina batean, letra dardaratiz eta erdi-ezabatua, denborak ironia bilakatutako mezu laburra zegoen: «Betiko». Agian argazkiko tipoak —neure beste *niak*— idatzia. Agian haren —*nire*— maiteak. Edo auskalo nork.

—Etxe hau zuen familiakoa da, ezta? —galdetu zidan Pixbek—. Edo izana da, behintzat.

—Bai.

—Ni txikia nintzenean zenbait istorio entzun nuen etxe honen inguruan. Hilketaren bat egon omen zen.

—Bai, nik ere entzun izan dut zerbait —azaldu nuen—. Baina oso gutxi.

—Neuk ere ez dut ondo gogoratzen, egia esan. Zerbait... Baina ez dut oso garbi —ingurua aztertu zuen—. Agian, pixka bat gehiago begiratzen badugu, arrastoren bat aurki genezake. Ez banandu —eskatu zigun—, ez dakigu zer egon daitekeen. Baina aztertu dorretxea. Ea zerbait interesgarria aurkitzen dugun.

—Burezur bat, adibidez? —galdetu zuen Garik, serio, gela bat seinalatuz—. Hor burezur bat dago. Aurrekoan ikusi genuen.

39

Errezelo handiz hartu genuen burezurra. Hilketarena gora eta behera ari zitzaidan buruan. Hildako baten burezurra izango zen! Gehiegi zen.

Ikusi bezain laster Pixbe ezezkoa egiten hasi zen buruarekin.

—Hau ez da benetakoa. Kopia bat besterik ez da. Medikuek-eta izaten duten horietakoa.

Isil-isilik geratu zen derrepentean. Pixbek linterna kendu zidan berriro. Txoko batean zegoen kutxa argitu zuen. Gizona ez zen mugitu puska batez, kutxa hari begira.

Kutxak egurrezkoa ematen zuen. Egur ilun eta sendokoa. Oso sendokoa. Telebista handi baten tamaina izango zuen, gutxi gorabehera. Hilkutxa txikia ere ematen zuela ohartu nintzen, ikara apur batez.

Ordurako ez nekien zer pentsatu. Edozer gauza.

—Pixbe? —galdetu genion, artean ez baitzuen zirkinik ere egin.

—Hori da —esan zuen, kutxa seinalatuz.

—Zer? Zer da hori?

—Ez dakit zer den —jarraitu zuen—. Baina hori da. Hor zerbait dago.

Isiltasuna.

Haize hotza hauteman nuen. Zorrotza eta sarkorra. Ezinezkoa. Nondik zetorren, bada? Hormez inguratuta geunden, eta ez zitzaidan iruditu korrontea izan zitekeenik. Edo bai. Buruak ez zidan ondo egiten. Zoratu egin behar nuela uste izan nuen. Hamargarren aldia zen gau hartan.

Kutxari begira. Batetik bestera bere kabuz zabalduko zela sinetsita nengoen, tzaust, eta barrutik alien antzeko bat aterako zela. Eta triskatu egingo gintuela.

Pixbek kutxa seinalatzen jarraitzen zuen, geldi-geldi. Getariako Elkanoren monumentua etorri zitzaidan gogora. Jo, gure marinela haren berdin-berdina zen.

Kutxa. Gorputzeko ile guztiak beste behin tente. Guztiona. Zer, zer zegoen han?

—Kutxa honetan zerbait dago —errepikatu zuen Pixbek.

—Zabaldu egin beharko dugu, ba —esan zuen Ikerrek. Bera joan zen, baina esku minduak ez zion uzten. Gari joan zen orduan. Hurbildu eta tapa altxatzen ahalegindu zen. Gogor. Baina ez zuen lortu

—Itxita dago. Puskatuko al dugu?

—Ez! —sakrilegioa balitz bezala bota zuen Pixbek. Kutxa aztertu zuen—. Ez zait egokia iruditzen. Irekitzen saiatu behar dugu —gertuagotik miatu zuen—. Oso sarraila zaharra dauka.

Sarraila. Horrek zerbait piztu zuen neure buruan. Sarraila zaharra. Sarraila handia.

—Nik badaukat giltza bat —esan nuen, gure etxeko ganbaratik hartutakoa gogoratuz.

Pixbek adeitsu begiratu zidan.

—Oraingo giltzek ez dute balio, gazte. Beste giltza mota bat beharko genuke honetarako.

Pixbek ez zuen espero, noski, poltsikotik atera nuen giltzatzarra.

—Zer da hori? —esan zuen, hartuz—. Nondik atera duzu?

—Gure etxetik hartu dut —agertu nion—. Dorretxekoa omen zen. Uste nuen atekoa zela, baina ez, ez du atea ireki.

Pixbek giltza urreratu zuen sarrailara. Sartzen zen. Ondo sartu ere. KLASK bat entzun zen. Giltza hangoa zen! Huraxe txiripa.

Pixbek tira egin zuen. Kostata, baina tapa altxatzen hasi zen. Bost gazteok atzerapausua egin genuen, han zer azalduko. Mamua? Hildakoren bat?

Pixbek burua sartu zuen kutxan, hobeto aztertzeko. Linterna kendu zion Intzari eta hobeto begiratu zuen.

—Joño, joño —burua atera zuen eta Aiorari egin zion argia. Gero berriro sartu zuen burua kutxan—. Sineskaitza.

40

—Zer... Zer dago, Pixbe? —galdetu genion.

Paper sorta bat atera zuen. Egunkari-zatiak ziruditen. Auskalo noizkoak. Egunkari-zatiak eta argazki bat. Argazkia hurbildu zigun. Intzak ikusi zuen lehenbizi. Ahora eman zuen eskua.

—Aiora! —atera zitzaion.

Besteok hartu genuen argazkia. Neska bat ikusten zen, irribarretsu. Hogei urte inguru izango zituen. Etxe baten atarian zegoen. *Dorretxearen* atarian, ematen zuenez. Argazkiaren izkina batean, mezu labur bat: «Betiko». Eta neskaren aurpegian... Neskaren aurpegian Aiorarena.

—Zer da hau, ordea? —esan zuen Garik, atzera eta aurrera begiratuz. Ez zegoen lasai—. Txantxa, ala? Zer egin duzue, argazkiak atera eta bertan ezkutatu, gu izutzeko-edo?

Gure begiradak garbi utzi zion zein zen egia: guk, Aiorak eta biok, ez genekien ezer. Berak beste genekien. Bera bezala geunden. Edo okerrago. Argazkietan agertzen zirenak gu ginen azken batean!

Pixbe egunkari-zatiak aztertzen ari zen.

—Orain gogoratzen dut —esan zuen—. Lehen irudipena neukan. Baina orain bai, gogoratzen dut. Txikitan kontatu zidaten.

Egunkari-zatiak gainbegiratu nituen. «Un muerto en Azpeitia», zioen batek. «Nueva desgracia en Azpeitia», beste batek. Bi hildako. Azpeitian. Eta gainera, testua irudiztatzen, bi argazki; bi aurpegi: Aiorarena eta neurea.

Zer demontre zen hura?

—Non da beste argazkia? —galdetu zuen Pixbek—. Hemen duzue?

—Ez —adierazi genion.

Baina bageneukan. Aiorak gordeta zuen.

Pixbek hartu egin zuen. Aurrera begiratu zuen. Horma aldera. Baina hormaz harago ari zen ikusten. Urrunera begiratzen zuen, aspaldiko oroitzapenen bila.

—Etxe hau ostatu modukoa zen aspaldi, eta bi familiaren artean eraikia —hasi zen azaltzen Pixbe. Nigana zuzendu zen—. Agirretarrena, zuena alegia, eta Azkuetarrena.

—Azkue! —oihukatu zuen Intzak. Egundoko sustoa eman zigun.

—Zer dun? —galdetu zion Ikerrek.

—Aiorak Azkue abizena du. Aiora Azkue da.

Aiorak baiezkoa egin zigun buruarekin. Oso harrituta zirudien. Nik bezala. Zer zen historia hura guztia?

41

Bazirudien Aiora Azkuetar haien odolekoa zela. Kontu guztiari nola heldu ez nekiela nengoen. A zer nolako *kulebroia!*

Pixbek jarraitu egin zuen:

—Harrigarria benetan —buruan astindu zuen—. Kontua da Azkuetarren alaba bat... —egunkari-zatiak begiratu zituen—. ...Ana izenekoa, eta Agirretarren seme bat... —berriz begiratu zuen—. ...Andres, elkar maiteminduta omen zeudela, eta ezkutuan elkarrekin egoten omen zirela. Harremana isilpean mantentzea erabaki zuten, badaezpada.

—Zergatik? —galdetu zuen Intzak, jakin-minez.

—Beno —jarraitu zuen Pixbek—. Ni gaztea nintzenean, adibidez, bikote harremanak, gaurkoekin alderatuz gero, oso bestelakoak ziren. Gizartea oso zorrotza zen horren inguruko guztiarekin, eta kontu handiz ibili behar genuen. Baina neskak batez ere. Itxurak gaur baino askoz garrantzi handiagoa zuen.

—Ez zen ederra izango! —bota zuen Ikerrek, barrez. Ez zuen imajinatu ere nahi, berezko zailtasunez gain, guztiz aurka zegoen gizarte batenak gainditu behar baldin bazituen.

—Ez, ez zen ederra. Baina zegoena zen —esan zuen Pixbek. Irribarre egin zuen. Irribarre pirata bat—. Dena dela moldatzen ginen. Nola edo hala moldatzen ginen. Baina plantak egin behar ziren behar baino gehiagotan —beste irribarre pirata bat—. Kontua da hau guztia —argazkiak seinalatu zituen—, ni jaio baino dezente lehenago gertatu zela. Eta pentsatzen dut orduan are eta zailagoa izango zela harreman bat aireratzea. Edukitzea beharbada ez, baina bai gizartearen aurrean aireratzea. Askotan, gainera, familien arteko tirabirak egon zitezkeen, onarpen ezak... Hamaika kontu. Horrexegatik erabakiko zuten bi gazte hauek euren artekoa isilpean gordetzea.

—Eta zer gertatu zen? —galdetu nuen nik, irrikak jota. Nirekin zerikusi zuzena zuela sentitzen hasia bainintzen. Andres hura nire arbasoa zen, ño. Nire aurpegi bera zeukan. Eta Ana, Ana *Azkue,* beharbada Aioraren arbasoa izango zen. Zorabioa sumatu nuen. Gehiegizkoa zen ulermenerako.

—Harrapatu egin zituzten. Haien familiek ez zuten batere ondo hartu. Azkuetarrek batik bat. Andresek Ana engainatu zuela hasi ziren. Desohoratu egin zuela. Eta elkar ikustea debekatu zieten. Banandu egin zituzten. Baina ematen duenez... —berriro aztertu zuen egunkari-zati bat—. Ana hemen bizi zen, antza:

dorretxean. Andres ezkutuan etortzen zen, maitea ikustera. Leiho batetik sartzen omen zen, isilpean.

—Berriro harrapatu zituzten —ondorioztatu zuen Intzak.

—Bai. Nolabait —esan zuen Pixbek.

—Bazenekien? —galdetu zuen Ikerrek. Eta Intzak:

—Ez, baina beti gertatzen da.

42

—Ez dakit beti gertatzen den —jarraitu zuen Pixbek—. Baina kasu honetan bai. Harrapatu egin zituzten. Edo harrapatzear zeuden, Andresek jauzi egin baitzuen leihotik. Azkar egingo zuen, pentsatzen dut, presak jota-edo. Altuera ez da hain handia, ikusi duzue, baina ez zen batere ondo erori, ematen duenez. Agian trabatu egingo zen. Agian edozein modutan egin zuen jauzi. Auskalo. Ez zuen asmatu. Garondoa hautsi zuen.

Jode. Nire saltoa gogoratu nuen. Nik bihurdura bakarrik egin nuen. Eskerrak!

Pixbek historiarekin segitu zuen:

—Anak, Andres hilda ikustean, gehiago ez jatea erabaki omen zuen, mutilarekin elkartzeko —sorbaldak jaso zituen—. Beste garai batzuk ziren. Azkuetarrek behartu egin nahi izan zuten, baina neskak jaten zuen guztia okatu egiten omen zuen jarraian.

—Eta hil egin zen —eten zion Garik. Ez zen zaila ondorioa ateratzea.

—Eta hil egin zen —baietsi zuen Pixbek.

Bi argazkiak hartu zituen, poliki. Une batez aztertu ondoren, Aiorari eta niri begira gelditu zen, harridura aurpegiz. Gero, argazkiak elkartu zituen.

Berriro sentitu nuen haize hotz hura, etereoa baina sarkorra. Nondik zetorren?

—Agian berriro elkarrekin egon nahi zuten —esan zuen Pixbek—. Pentsatzen dut inoiz hitzarmenen bat egingo ziotela elkarri. Betiko-edo.

Argazkien mezuak erakutsi zizkigun beste behin: «Betiko».

—Behin, Lagosen nengoela, Nigerian, beste zenbait arrantzalerekin txango txiki bat egin nuen barru aldera. Egun batzuk egin behar genituen han, ontzia zamatu bitartean, eta Afrika barrutik ezagutzea bururatu zitzaigun. Erdi-galduta ibili ginen, eta ez zen oso samurra izan. Ez zen gaur egungo turistek izaten duten tour arin horietakoa. Baina merezi izan zuen. Tribu batekoekin adiskidetzea lortu genuen. Hango beltz batek ingeles antzeko bat murduskatzen zuen, eta gauza asko ikasi genuen. Argazkien beldur zirela, adibidez —Ana eta Andresen argazkia begiratu zuen. Segituan jarraitu zuen—. Uste zuten argazkiek arima-zatia lapurtzen zietela. Irudiarekin joaten zela.

—Argazkietan arima-zatia zegoela... —murmurikatu nuen.

—Bai.

—Eta zer egiten zuten norbaitek argazkia ateratzen bazien?

—Elizak mendetan egin zuena bekatarien arima *garbitzeko:* su eman.

—Sorginekin eta? —galdetu zuen Garik.

—Komenigarria iruditzen ez zitzaion askorekin. Beno, ez ziren lehenak sua garbitzeko erabiltzen. Elizak, askotan, bera baino zaharragoak ziren erritoak eta sinesmenak hartu eta egokitu egin izan baititu; kristau itxura ezarri. Eta gero bereak zirela esan —Pixbek barre egin zuen—. Gizakiak beti gizaki.

Ni pentsakor gelditu nintzen.

Su eman. Garbitzeko. Zerbait bueltaka ari zitzaidan buruan.

—Zer gertatzen zen argazkiei su eman ondoren? —galdetu nion—. Arima-zatia galtzen zen?

—Ez dakit —esan zuen Pixbek—. Baina ez dut uste, bestela ez zieten su emango. Suposatzen dut pentsatuko zutela arima-zatia aurrekora itzuliko zela: arima-zati nagusira edo.

Su eman. Arima garbitzeko. Askatzeko.

Aiorari begiratu nion. Berehala ulertu zidan.

43

—Inporta zaizue zuei bioi elkarren alboan jartzea? —eskatu zigun Pixbek Aiorari eta bioi. Egin genuen. Gero, marinelak argazkiak aztertu zituen.

Isilik egon zen puska batez. Uste dut pentsatzen zuela orduko haiek ginela. Berpiztuak-edo. Batek daki. Neu ere ez nengoen jada oso seguru. Ezertaz ere ez. Orduko Andres hura nintzen? Eta zer egin nintzen, berpiztu Anarekin elkartzeko? Bazkalosteko film merke horietako baten gidoia zirudien, ño.

Zein zen egia?

Nik zer dakit!

Kontua da berdin zitzaidala beste tipo baten gorputz berpiztua nintzen, edo bizitzaren txantxa iheskorra. Kontua da han nengoela, dorretxe barruan. Kontua da Aiora alboan neukala eta oso gogoko nuela. Hori bai axola zitzaidala. Beste guztia, bost axola.

Beno, bost axola ere ez. Baina bigarren maila batean bai sentitzen nuela.

Pixbek, azkenean, aurrekoan egin zuen antzera, argazkiak hartu eta elkartu egin zituen.

—Bai —esan zuen—. Uste dut hauen ondorio zirela mamuak —argazkiak elkarrekin igurtzi zituen.

ZURRUN, ZURRUN.

Konturatu nintzen, hodiak ikusi nituenetik, ez nintzela jabetu zarata horrekin ordura arte. Ustezko arnasotsa.

Gure linternen argiek dir-dir egin zuten segundo batzuez, itzaliz eta piztuz. Lekuak diskoteka fantastiko itxura hartu zuen.

Gero, bakea; lasaitasun isila.

Zaratak amaitu ziren, linternek ondo egiten hasi ziren berriro eta Pixbek irribarre egin zuen. Guri begira-begira geratu zen.

Argi guztiek gugana egin zuten.

Aiorak ahoa zabaldu zuen eta...

—Aaaa...

44

—AAAA... TXUAAA!

Ba ez, ez zuen hitzik egin.

Horrelakoak filmetan eta liburuetan bakarrik gertatzen dira, aizue. Egundoko doministikua, horixe egin zuen. Eta bertan bihotzekoa eman ez zigunean...

—Joder, Aiora —esan zuen Ikerrek, dardarez—. Hori dun hori potentzia, dios!

Barkatzeko adierazi zigun neskak, pixka bat lotsaturik. Ez zuela nahita egin.

Odola pixkanaka hasi zitzaigun mugitzen berriro.

—Beno, eta orain —gogoratu zigun Pixbek— nola irten asmatu behar dugu.

Noski. Pixbek esan zigun ez zela leihotik jaitsiko, eta garbi utzi zuen ederki gogoratzen zela. Eta esandakoa betetzeko prest zegoela.

Baina ez zegoen atetik ateratzeko modurik. Tira eta tira ibili ginen, handik eta hemendik. Beheko leihoetako barren gogortasuna ziurtatu genuen... Ezinezkoa.

—Pixbe... —esan genion.

Azkenean etsi egin behar izan zuen. Lehen pisura igo eta sartu ginen leiho beretik atera beharko genuen. Ia bertan geratu zitzaigun Pixbe gizagaixoa.

—Ai-ama, ai-ama! —oihukatzen zuen Pixbek, nire gerrikotik zintzilik—. Ai-ama!

Baina tira, bizirik iritsi zen lurrera. Baita gu ere.

Xixko eginda geunden. Etxera joan ginen, handik zuzenean. Baina uste dut gutako inork ez zuela lo handirik egingo gau hartan. Nola egingo genuen, ba?

45

Zer gertatu ote zen dorretxean? Benetan, esan nahi dut. Jada etxean konturatu nintzen guztia gure paranoia izan zitekeela. Hasierako zarata, ZURRUN, ZURRUN hura, haize-korronteak egindakoa zen. Gainontzeko guztia... Zer zegoen, ordea? Zer zen gainontzeko guztia? Zer gehiago zegoen *benetan,* ziur nekiena? Ezer gutxi. Ezin nuen gauza handirik ziurtatu. Argazki batzuk, haize hotza, hanka bihurtua, beldurrak jotako gazte-taldea eta marinel mozkorti bat.

Uste dut normala dela. Zalantza, alegia. Iragana lainotu egiten zaigu eta bizitza beti aurrera doa. Askotan zaila zait asmatzea aurreko egunean bertan zer egin nuen. Nola jakingo dut, bada, duela aste edota urte batzuk benetan bizitakoa?

Ba ote zegoen mamurik dorretxe hartan? Fantasia hutsa ote zen?

Ilusioa, hori geratzen zitzaidan. Pixbek irakatsi zidan. Ilusiorik gabe irribarre gutxi. Dena da grisa. Ez dakit egun haietan zer pasatu zen *benetan,* baina ikaragarrizko ilusioz bizi izan nituela eta gogoratuko nituela, hori bai.

Eta zer esanik ez Aiora aipatzen badut. Argazkien istorioa oso xelebrea zen eta zer pentsatua utzi zigun. Baina ez zitzaigun osasungarria iruditu buruari bueltaka jardutea. Munduak, Pixbek inoiz esan zuen bezala, logikaz argitu ezin diren itzalak gordetzen ditu gertaeren olatu artean.

Aiora eta biok elkarrekin hasi gara. Ba al dakizue zer den hori niretzat? Nik bakarrik hitz egiten dut, noski, eta batzuetan pixka bat bitxi sentitzen naiz. Baina, egia esan, ez Aiorak ez nik ez dugu hitzen beharrik elkar ulertzeko. Martxa honetan, laster ez dut Intzaren beharrik izango jakiteko, neska batekin nagoenean, hankarik ez sartzeko zer egin behar dudan.

46

A, eta San Joan suari dagokionez, azkenean ez zitzaigun zuzena iruditu, pasatakoak pasata, dorretxera erregai bila joatea. Eraikina lagun-taldeko «txabola» edo bilgune moduan hartzea erabaki genuen, eta guztia zegoen-zegoenen uztea. Geure gaztelua izango zen! Kontuz ibiltzen baginen ez gintuen inork harrapatuko, eta, hara, dorretxeak zerbaitetarako balioko zuen.

Beno, egia esan, zerbait-zerbait hartu genuen. Gure orduko San Joan suaren tontorrean, telazko bi txorimaloren buruan, dorretxean aurkitutako bi argazkiak zeuden. Hasieran gordetzear egon ginen. Baina bai guk, bai Pixbek berak, pentsatu genuen onena horixe izango zela: su eman; arimak askatu. Uste dut denborak guztiz ahitu ezin izan zituen maitale haiek gure ametsen elikagai bihurtu zirela. Erretzen ari zirela guztiok isiltasun osoa gorde genuen. Baita Gari *gore*zaleak ere.

Urte hartan ez genuen San Joan su handiena egin, baina ez zitzaigun inporta izan. Garai batean —hori diote—, zeruaren eta lurraren arteko hartu emana areagotzeko sutzar paganoak pizten omen zituzten, eta mitologiaz blaituriko kondairak kontatzen ziren haien inguruan. Horietako sua zen gurea, pagano eta magikoa. Ez, urte hartan ez genuen San Joan su handiena egin, baina ez zuen inork guk adina miretsi suaren dantza eroa. Kondaira miresgarrien ahotsa entzuten genuen gar bakoitzean.

Bestelakoan, Azpeitia, orduan, etxe zaharrez josita zegoen. Zer esanik ez, haietan sartzea debekatuta geneukan. Zer esanik ez, denetan sartu ginen —gazte-lizentzia gero!—. Istorio gehiago aurkitu genuen etxe zaharretan. Bizitza printzak aurkitu genituen gugan.

Zer gehiago behar genuen? Konkistatzeko etxe zaharrak, dorretxe propioa —to!— eta, sari gisa, abentura borobiltzeko, Aiora neukan gainera.

Sekula ahaztuko ez nituen oporrak izan ziren.

Beharko!

LIBURU HAU
TIMES FAMILIAKO
LETRA MOTAK ERABILIZ
INPRIMATUA IZAN DA.